U0062281

诗
想
者

别笑，
我是认真的

Biexiao
Wo Shi Renzhen De

大 解 著

GUANGXI NORMAL UNIVERSITY PRESS
广西师范大学出版社
·桂林·

图书在版编目（CIP）数据

别笑，我是认真的 / 大解著. —桂林：广西师范大学
出版社，2018.5
ISBN 978-7-5598-0767-0

Ⅰ.①别… Ⅱ.①大… Ⅲ.①故事－作品集－中国－
当代 Ⅳ.①I247.81

中国版本图书馆 CIP 数据核字（2018）第 059218 号

广西师范大学出版社出版发行

（广西桂林市五里店路 9 号　邮政编码：541004）

网址：http://www.bbtpress.com

出版人：张艺兵

全国新华书店经销

广西民族印刷包装集团有限公司印刷

（南宁市高新区高新三路 1 号　邮政编码：530007）

开本：880 mm × 1 240 mm　　1/32

印张：8　　　字数：130 千字

2018 年 5 月第 1 版　　　2018 年 5 月第 1 次印刷

定价：38.00 元

如发现印装质量问题，影响阅读，请与印刷厂联系调换。

目 录

Contens

第一辑　老照片

第四辑　纸飞机

第五辑　小水滴

老
照
片

保罗·克利（Paul Klee）/绘

心事分享社

有一个人经常把自己的心事拿出来翻晒，他把每一件心事都写成纸条，一件一件摆在地上，接受阳光的暴晒。一天，他正在晒心事时，忽然来了一阵风，把所有纸条都刮跑了。从此，他一件心事也没有了，他的内心变得十分空虚。

他的遭遇引起了许多热心人的关注，人们纷纷到事发地点帮助他去寻找那些失散的纸条。我有幸捡到两张，一张写的是：我曾伤害过某某，非常对不起；另一张写的是：我曾得到过某某的帮助，尚未表示感谢。

人们发现他是一个非常善良的人，因此都情愿把自己的心事送给他，以解除他内心的空虚。由于关爱的人太多，人们争相献出自己的心事，一时间他收到的心事都无处存放了。后来，他以这些心事为基础，创办了一个"心事分享社"，人们可以到社里无偿领取心事。后来，人们也把心事存放在"心事分享社"里，共享这些资源。从此，这个社区里的人们没有隐私，也没有秘密，人人都过得透明、坦荡。由于人们内心干净又充实，个个都精神饱满，身心健康，整个社区生活一派和谐。

一块石头

有一块百斤重的石头，特别向往远方，于是它来到河流的中心，随着波浪向前滚动。多年以后，当它到达河流的下游时，已被严重磨损，成了一个麻雀蛋大小的石子。

又过了许多年，它被磨成了一粒沙子，最后变成了一粒尘埃。有一天，我在飞机上看见它正在一万多米的高空中飞翔。这时它几乎失去了体积和重量，不需翅膀就能遨游天空，仿佛自己就是风的一部分。

后来，我在十万倍的显微镜下，又见过它一次，当时它正在回忆自己的一生。它想起了自己从山体上轰然崩塌的一瞬，它在河床里滚动了无数年，终于把自己磨损，一点点分解，直至还原为泥土。它对自己的一生非常满意。

看到这里，我用几亿倍的放大镜，把它放大为一块岩石，做成照片，挂在墙上。它就像一座尚未风化的悬崖，充满了力度，似乎随时可能崩塌，但又是那么沉稳、坚硬，除了它自身，仿佛没有什么力量能够把它击碎。

望见了自己的后背

一个人从来没有见过自己的后背，他想不通过任何介质（比如镜子、水坑等），而是用自己的肉眼直接看一看自己的后背。这个想法并不荒唐，却很难实现。因为人的眼睛长在前面，只能往前看，无法看见自己的后脑勺和后背。对此，他一筹莫展。

我听说他有这个想法后，特意给他写了一封信，告诉他一个秘诀：练习视力。我的理论是，人们之所以看不见自己的后背，皆因目光短浅，看得不够长远。

经过多年的练习，这个人的视力不断提高，看得越来越远。终于有一天，他的目光到达了天涯，然后继续往前延伸，延伸，无限地延伸。他的目光绕地球一周，看见了一个背影。他看见这个背影站在高处，正往远处眺望。从这个背影可以断定，那就是他自己。

此后不久，他写信告诉我，他成功地望见了自己的后背。他感慨地说离他最远的人就是他自己。

站起来的河流

　　有一位工程师，想把一条河流竖起来，在大地和天空之间打造一道独特的风景。这个想法很大胆，但设计上却有难度。因为河流已经习惯于在地上爬行，根本不愿站起来。即使你费力把它扶了起来，它假装流向天空，可是用不了多久，它又会躺在地上，恢复原状。对于这种软体动物一般的河流，最好不要动它。

　　工程师找到我，请我帮他设计，我当场就拒绝了。我提出了以下几点：一、河流没有骨头，站起来会很累，时间长了会累死；二、河流一旦站起来，遇到大风必将来回摇摆，甚至折断，会酿成灾难；三、河流站起来以后，势必造成下游河床干涸，土地的水源补给缺失，自然生态会发生变化；四、不能强迫河流改变多年的生活习惯，倘若河流站起来以后感到不适，甚至晕倒，怎么办？五、由于重力作用，河流站起来以后，下部水体压力会成倍增加，容易崩溃，造成严重伤害。如此等等，都是问题。

　　工程师找不到另外的帮手，又加上我的劝阻，就停止去实施这个设想。但在这个世界上，什么事情都有可能发生。我亲眼见过一条小河从地上站了起来，摇摇晃晃地往前走，我意识到事情的危险性，及时冲上去把它按倒在地，否则它将直立着走向大海。这些不懂事的小河，总以为大海是一片乐园，殊不知那是水的墓地。

放风筝

　　某人爱放风筝，他放的风筝飘到高空离地几十里。他不断地放线，风筝越飞越高，不料竟然飘到了月亮上，被月球表面的一块石头卡住。这样一来，他手中的风筝线就成了地球和月亮之间的连线。这件事本来就没有什么，问题是出在放风筝的人身上，他想收回这个风筝，就使劲收线，没想到月亮这个天体卫星，竟然像气球一样轻飘飘的，被他轻轻一拽，就偏离了轨道。这件事非同小可，弄不好就会造成整个太阳系的灾难。首先发现月球偏离轨道的是英国格林威治天文台的近地行星观察小组，他们通过射电望远镜发现月球表面有一个风筝，并顺藤摸瓜找到了放风筝的人，是中国山东潍坊市的一个老头。通过国际间的快速协调，一场大灾难才免于发生。

　　这个问题看起来很大，但解决起来却出人意料的简单，只用一把剪刀，剪断了风筝线，危险就解除了。至今这个风筝还卡在月亮上，无法取下来，风筝的线在天上飘着，据说有两只蜘蛛顺着这条线爬到了月亮上。由于蜘蛛登月，月球的重量增加了，月球的引力随之也发生了变化。这个变化正好抵消了月球轨道偏移的问题，使它回到了正轨。

这件事遗留的问题是：飘着风筝线的这个区域被国际空间组织设置为禁飞区，主要是考虑到飞行器有可能被线所缠绕；再就是保护这个奇迹，供人们参观。至于这个风筝和放风筝的老头都因此上了吉尼斯世界纪录，并不重要，也不值得人们效仿。

鱼和猫

一条小鱼想到岸上去生活，它游到渔网里，希望被打捞上岸，但网眼太大，它被漏了下去。后来，它找到一个钓鱼的鱼钩，一口咬住，它被钓上岸来。

钓鱼人把它送给了小猫。小猫得到鱼后，决定把它种在地里，让它发芽长大，然后吃大鱼。于是小猫小心翼翼地叼着这条小鱼，把它埋进河边的一个土坑里。

小鱼在土坑里即将窒息，突然一场暴雨来临，把它冲进了河里。小鱼得救了。多年以后，小鱼长成了大鱼，做了母亲，生出了许多小鱼。它告诉它的孩子们，要安心在水里生活，千万不要到岸上去。

河边有一只老猫，经常带着一群小猫在岸上挖土，希望找到当年种下的鱼，但总是一无所获。看到这种情景，小鱼们有了防备，即使睡觉的时候也睁着眼睛。

鱼和猫

二O一八·元月 大鹏

飞 翔

有一段时间，我做梦总是与飞翔有关。我动不动就梦见自己飞起来，有时能飞两丈多高，几百米远。我怀疑自己心理上出了什么问题，就去医院找医生，医生说："这不算奇怪，身体好的人可以飞过山顶，有的人甚至能飞几十里，就像小飞机。"医生说："这样吧，我给你开个方子，是外用药，睡前把药膏涂在两臂上。"我按照药方买了药，涂了，效果非常明显，我在梦里再也飞不起来了。我问医生是怎么回事，医生说："这不奇怪，我用的是麻醉剂，你的两臂麻醉了，张不开，你自然就飞不起来了。"

有一天，我搞了一个恶作剧，偷偷潜入机场，往机翼上涂了一层这种药膏，结果飞机的两个翅膀立刻松软下来，垂在地上，致使飞机延误十万多个小时才起飞。后来机场安全部门查出了这种药的成分，追查到药厂，药厂做出了经济赔偿，我却逍遥法外。从此，我停用这种药，任自己飞翔。我仰面睡的时候就仰飞，顺便巡视一下星空；趴着睡时就俯身飞翔，正好俯瞰大地；有时侧身飞，脑袋下面还枕着一个枕头。有一次我在飞行途中看见了医生，他也在飞，不过他飞的时候保持了坐姿，好像坐在诊室里。

山洞和金子

从前，有一个撒谎的人说：西山上有一条小路，小路的一侧有一个山洞，山洞里面藏着许多金子。人们信了他，都去找山洞，结果没有找到。人们开始怀疑，是不是找错了地方，于是下决心找，一找就是几十年。

慢慢地，寻宝的人们内部产生了分歧，有人提出了新的假说，有人开始反驳，双方展开了激烈的争论。争论的焦点不是关于山洞是否存在，而是人们寻找山洞的方法。在这场持续多年的争论中，产生了许多著名的学者，并发展出一种新的学说。

多年以后，撒谎的人老了，他临死前良心发现，忏悔自己的过错，说穿了自己的谎言，其中包括山洞藏金这件事。

他的忏悔立即遭到了人们的反对。人们不承认他说的是谎言。人们认为，虽然所有的人都已经淡忘了山洞和金子，但是与之相关的学说已经确立，学说的发展就成为必然，并且是不可改变的事情。

后来，为了证明金子、山洞、小路、西山确实存在，人们就找到一座山，把它命名为"西山"；在西山上开辟出一条路，命名为"小路"；在小路的一侧开凿一个洞，命名为

"山洞"；在山洞里放置了许多金子；然后再找到一个人，授意他言辞，让他说出金子的秘密。于是一切都顺理成章，有了根据。

真理追求者

一个青年要去追求真理。确定这个目标以后，他背起行囊就上路了，一路小跑去追求真理。可是在追求的过程中，他发现自己没有真理跑得快，追了很远还没有追到。在这里，一种必然的假定就成了前提：一、真理总是在人脸朝向的方向，而不在后脑勺那个方向；二、真理在快速移动，否则谈不上追；三、真理只有一个，假如真理很多，人们随意就能碰到，就没有必要追了；四、追到真理以后，不能私藏，也不能被某个团体据为己有，否则其他追求者只能通过抢劫和窃取才能得到这个真理；五、真理被先天确定为真理，不证自明，否则人们追了很久，好不容易追到以后，发现这个不是真理，而是伪货，怎么办？谁有资格为真理命名？六、没有追到真理却累死在途中的人，也算为真理而献身；七、一群人同时追到真理以后，把真理围在中间或高高举起，不能拥挤或者相互踩踏；八、真理是一种道理，每人可以分一点，如果每人都能分得全部，说明真理可以分解，具有再生性；九、真理所在的方位不确定，大小不确定，移动速度不确定；十、没有追求，却撞上了真理的人，是幸运的人；十一、撞上真理以后却不认识真理，与真理擦肩而过者，实属可惜；十二、不追求真理的人，得到真理的机会很小；十三、反对真理和践踏真理的人，是真理的敌人。

　　这个追求真理的青年，在几十年后终于追到了真理，他得到了一个证书，上面写着：真理获得者。但是人们问他真理是什么，他说不清。而那些没有追到真理的人，由于追求的过程漫长而遥远，身体得到了锻炼，都成了善于长跑的人。

大雁飞过天空

　　天空中，在一支飞翔的大雁队伍里，有一只不是大雁，而是一本书。这本打开的书，书脊朝上，混杂在雁阵里，已经飞了上千里，其他的大雁居然没有发现。在越过一个山口时，雁阵遇到了高空里的强风，把书页吹得哗哗响，但这本书挺住了吹拂，扇动着书页，坚持飞过了山口，并没有掉队。

　　这时，一个孩子在地上玩耍，当他仰望天空时，看见了这群大雁，并从雁阵里发现了这本书。由于他的视力特别好，能清晰地看见书上的文字，是他学过的课文，于是他仰头望着这本飞翔的书，读了起来："秋天到了，天气凉了，一片片黄叶从树上落下来。一群大雁往南飞，一会儿排成个人字，一会儿排成个一字。啊，秋天来了。"

　　孩子朗读完这篇课文，还想看看下一篇，但还没有来得及翻页，雁阵就飞到了远方，天空里只剩下一丝丝的云片。这个孩子心想，明年再过雁阵的时候，我一定注意看。他甚至幻想养一只这样的大雁。晚上，这个孩子做了一个梦，他梦见天上飞翔的雁阵全是由书本组成，这些飞翔的书在越过他的头顶时，发出了阵阵叫声。

信　任

　　从前，有一个寨主，对一个属下不太信任，就派一个人秘密监视他的行动。可是，他对秘密指派的监视者也有些不信任，就委派另一个人监视这个监视者。由于寨主对第二个监视者也有些不信任，后来，这个监视者的身后就有了另一个监视者。这个链条很长，寨主通过这个监视链条掌握着全寨人行动的秘密。

　　慢慢地，人们隐约感觉到，背后有一双眼睛在盯着自己，时间长了，人们不再多说，做事也非常小心，整个寨子里弥漫着一种紧张的气氛。

　　多年以后，这个寨主死了，监视者所监视到的秘密从此无人可告，憋在心里非常难受。于是，有一个人找到他所监视的人，把他这么多年所做的事情全部说了出来，并得到了被监视人的原谅。

　　监视者发现，只有把心里的话全部说出来，才能一解心头之块垒。于是，监视者纷纷去找自己监视过的人，诉说这些年监视他的过程。人们发现，一时间全寨子的人都在倾诉，全寨子每个人都是监视过别人的人，都曾经在背后伤害过别人，每个人都有过不光彩的历史。人们悔悟自己的过错，为此集体痛哭了一场。

哭过之后，人们发现，全寨子的人，每个人都被别人监视过，每个人都是被伤害过的人。想到这里，人们非常痛心，又一次集体痛哭了一场。

哭过之后，人们发现，通过倾诉和痛哭，人们之间不再有隔阂，彼此之间该说的话都说了，也不再相互监视，也不再有告密者。从此这个寨子又回到了从前的状态，人们相互信任，相互关爱，人人都感到了幸福和快乐。为此，整个寨子感动不已，又一次集体大哭了一场。

翻书记

三年后的一天上午，阳光不错，心情也好，我从书橱里随便拿出一本书，随手翻翻。没想到书中的文字从里面掉了下来，开始是少数一些字，后来"哗哗"地往下掉。我感到奇怪，就快速翻阅，结果印在书页上的文字全部掉了下来，剩下了空旷的纸页。掉下的文字落在地上，像是下了一层黑色的雪花。

这件事，我感到百思不得其解。于是我给胡同口修鞋的师傅打电话，问他到底是怎么回事，他反问我，胡子需要几天刮一次？我给服装店老板打电话，老板说，我已经找了那个姓张的骗子了。我给医生打电话，医生说，滑雪板的材料确实决定速度。

我给许多人打了电话，他们都没有说出书页上文字脱落的原因，而是扯别的，与书毫不相干。我很气愤，一气之下把这些掉下的文字抓起来全部吃了。吃下之后，发生了奇迹，我的心里突然通晓了这本书的内容，就像刚刚读过一遍。更让我欣慰的是，这些文字还在不断地变换着排列组合方式，生成了新的故事和情节。

这样的奇迹必须与朋友们一起分享。于是我给修鞋师傅打电话，告诉他油漆的气味确实对人体有害。我给服装店老板打电话，说房价已经崩盘了。我给医生打电话，告诉他广场上有人正在卖风筝……我给许多人打了电话，打完电话，我的心情好了许多。朋友们知道我在故意制造逻辑错乱，他们也非常知趣地配合我，顺口胡说。通过这个游戏，我感到世界上许多毫不相干的人和事，都与我有了关联。这证明我不是一个极度空虚的人，我的存在也许可能大概差不多是不可或缺的。

这个上午，我还想起了许多过世的熟人和朋友，他们就像书中溜走的文字，并没有消失，而是继续存在和变换着章节，参与了我的精神运行。当我再次拿起那本掉光文字的书，我隐约看见书页上还残存着一些文字掉落后留下的痕迹，模模糊糊，像是一个人失去的记忆，又像是文化的废墟。

自然之光

　　中国人对于时间和空间的认识，很有意思地体现在日期中。我们说"一日"，不是说一个发光的太阳，而是指一天。我们说"一天"，是把天空的"天"形容成一个时间段，即一个昼夜。一个星期，也是突出了一个"星"字。一个月，也不是说天上有一个月亮，而是一年的十二分之一。古人在创造天文历法时，选取最为恒定的太阳、月亮、星星、天空等可见的物象，然后把这些物象转换为时间概念，作为历算的最基本单位，该是何等的胸襟，何等伟大的智慧。

　　用日月星辰历法，也许还有更深的寓意。在古人看来，日、月、星，无论其大小，都是发光体，用发光的物体作为时间单位，体现了人类对于光的热爱和依赖，同时也把天体运行的规律纳入到日常的语言表述中，时时提醒人们对于天空的敬畏。另外，在原始的生存秩序中，太阳、月亮、星星是人类起居的天然参照物，也是必然的选择。从古人们"日出而作，日入而息"的生活规律中可以看出，人们利用光明、顺应自然的生存智慧。

　　如今，尽管人类已经掌握了制造光的技术，但自然光依然是必不可少的主要光源。目前还没有哪一种光能够取代太阳，而月亮和星星这些古老的天体，也将遵循自然的法则，在宇宙中运行，经久不灭。

　　只要生活一直在继续，我们所说的一日、一天、一个星期、一个月，就依然是人类最基本的时间单位。而这些闪光的词汇，已经脱离了具体的物象，汇合成人类文化之光，上升到我们精神的高空，照耀着我们，贯穿于我们生活的每一天，直到永远。

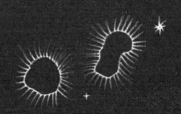

石头在天上发光 2018. 1. 5 大鸟 滚于石灰庄

小　镇

　　有一个小镇，镇里的居民每到夜晚都倒在床上，然后做梦。第二天起来后到处走动，到了晚上继续倒在床上，做另外的梦。从规律和节奏上看，躺倒和做梦是他们生活的主要内容，而白天所做的一切似乎只是活动一下筋骨，顺便浏览一下世界，以便为晚上做梦提供印象和素材。

　　尽管做梦占据了他们生活的多半时间，但人们很少交流梦的内容，因为醒来后就忘记了。即使有人讲述梦境，也没人相信。人们沉浸在自己的梦境里，过着独立而虚幻的生活，从来没人把白昼的活动当作一回事。

　　镇里来了一位新镇长，雄心勃勃地要扩大小镇规模，兴起了土木工程，施工的机械和工人进驻了小镇，延长了白天的工作时间，甚至夜晚也要施工。这样一来，好像白天才是生活的主体，夜晚倒成了搭配。这样主次颠倒以后，人们躺倒和做梦的时间明显减少了，生活变得越来越实际。

　　终于有人失眠了。一个人失眠后起来走动，影响了其他人的睡眠，其他人又影响了另外的人。几个月下来，小镇的人们都失眠了，即使勉强睡着了，也很少有人做梦。偶尔有人幸运地做了一个梦，赶紧醒来，记下梦的内容，然后与其他人分享。人们羡慕地听他或她讲述的梦境，总要暗自祈祷：什么时候让我也做一个梦吧。

没有了梦，生活变得寡然无味。人们怀念起有梦的日子，怀念那些安宁的夜晚和超越现实的幻境。开始的时候，人们对镇长有些抱怨，后来有人提出了抗议，但迫于压力，人们只能将怨气憋回去，变成了叹息。人人都在叹息。小镇的人们见了面，相互之间不再问候，而是各自叹息一声，心灵就算相通了。

就在人们的叹息声中，小镇的外来人口不断增多，逐渐超过了本地人口，建筑规模在迅速扩大，夜晚灯红酒绿，人们折腾到后半夜也不睡觉。渐渐地，人们不再把夜晚当作一回事，甚至有人提出，要把小镇建成一座不夜城。

小镇的秩序被彻底打乱，甚至颠倒了。人们把白天无限延长，夜晚被挤成了一道缝，好像睡觉和做梦是一件可有可无的事情。

终于有一天，镇长也失眠了。他建设小镇，忙前忙后，已经很长时间没有休息，也不再做梦了，因为他没有时间做梦。他想起刚来小镇的日子，人们的生活悠闲和谐，夜晚人人都做梦，是多么幸福。是他改变了这个小镇，让这里喧嚣起来，失去了安宁。

　　镇长后悔了。他想回到从前，但已经晚了。时间飞快地掠过小镇的街道，把人们吹拂得摇摆不定。小镇上原有的居民相继衰老或者过世，新生的居民仿佛一夜之间遍及各个角落，人们从四面八方赶来，到这里定居，小镇变成了一座大城市，成为一个贯穿东西南北的交通枢纽。市里充斥着大型工厂和企业、几十所大学院校，数不清的中小学、银行、医院、邮局、商场、饭店、超市、宿舍楼，等等。拓宽的马路上汽车拥堵在一起，城市的空气中飘浮着久久不散的雾霾。人们叹息着城市的拥挤和污浊，却没有一个人愿意离去。

　　镇长最终在这座新兴的城市里老去。他和仅存的原住民相见时，总要打招呼，相互问候，偶尔也会聊起当年的夜晚和梦境，恍若在谈论另一个世界的事情。

吹笛人

一

小镇上来了一个吹魔笛的人，当他经过街道时，树上的小鸟齐声鸣叫，各家各户养在花盆里的花争相开放。吹笛人随身携带着一个布袋，专门收集花香。小镇上所有鲜花散发出的香气都被这个袋子吸进去，吹笛人扎好布袋口，带走了。

也许是由于不慎，也许是天意，一个小女孩的魂也被吸进了布袋里，被吹笛人带走了。女孩丢魂以后，整夜啼哭，怎么哄也不行，把大人急坏了。

过了一些日子，吹笛人又来到小镇，他知道不小心吸走了孩子的魂，因此前来送还。他解开口袋，一股清气从布袋里缓缓飘出，进入小女孩的身体里。小女孩有了魂，啼哭立刻停止了。

这个丢魂的小女孩因祸得福，还魂以后，身上总是透出一股鲜花的芳香。因为她的魂曾与花香混在一起，被熏染后不再褪去。

时光流转，小女孩渐渐长大，成了一个窈窕淑女，她因散发香气而被人们称为"花仙子"。后来，她与一位白马王子相爱成亲，白头到老。这里不再多说。

二

　　吹笛人多次来到小镇，每次都带着布袋，满满地带走香气。他把香气储存在一个隐秘的山洞里，用于炼丹。

　　吹笛人收集到了足够多的香气，但是要想用这些香气炼出一颗仙丹，其中必须加入一个人的灵魂。吹笛人是个非常善良的人，他不想因为炼丹而伤及他人，就把自己的灵魂从身体里抽出来，加入到香气里一起熔炼。

　　功夫不负有心人，吹笛人真的炼出了一颗仙丹。他用这颗仙丹救过很多人的命——只要从仙丹上取下一点点粉末，就可以救活一个人。

　　但是吹笛人因为炼丹，付出了自己的灵魂。尽管他还经常来到小镇，还能吹魔笛，但他已经是一个失魂落魄的人。

　　吹笛人所做的一切，神都看在眼里。后来，神从天上带来一个永生的灵魂，赐给了他。吹笛人获得新的灵魂以后，走到了很远的地方，继续为人们治病。

多年以后，他终因衰老和劳累而病倒了，他用仅有的一点仙丹救活了他人，而自己却没有舍得使用，最后病死在去往远方的路上。

吹笛人最后一次来到小镇时，人们只听见熟悉的魔笛声，却没有看见他本人。据说他死后，灵魂从体内走出来，依然吹着魔笛，在大地上收集花香。因为他的灵魂是神所赐的永生的灵魂。

他的灵魂经过小镇街道时，小鸟们齐声鸣叫，围在他的上空飞翔，蝴蝶漫天飞舞，各家各户的鲜花争相开放，其中一朵小红花还发出了细微的哭声。

小镇轶事

　　早晨，小镇上的人们像往常一样起床，走到户外，发现天上出现了一个毛茸茸的太阳。第二天也是如此。第三天也是。人们心慌了，开始议论纷纷，总有一种不祥的预感，但也说不清这是什么征兆。

　　就这样过了许多天，有人从远方背着布袋回来，带回了秘密。小镇的长老们聚在一起，打开布袋，想看个究竟，不料从布袋里冒出一股烟尘，把人们熏得头晕咳嗽。

　　从远方回来的人说，这是我从一座大城市里偷来的空气。他们那里白昼如同黄昏，人们出行时嘴上都蒙着一块白布。据说月亮都生气了，不从那里经过，改为绕行。

　　长老们面面相觑，不知如何是好。于是他们又派出一个人前去打探。可是这个人没有回来，许多天后，他的影子回来了，带回一封信。信上说："我已经死了。我来到一座陌生的城，感染了一种病，这种病没有外伤，是灵魂腐烂在身体里。我回不去了，让我的影子带回这封信，说明我的死因。"

　　长老们看过信，面面相觑，不住地叹息。这时小镇上的人们开始咳嗽，有的生了病。太阳的绒毛越来越长，像是发了霉，又像是长着一万条腿的红蜘蛛，在天上爬行。

自从城里出现灵魂腐烂病以后，小镇上来了很多影子，沿街游走，收购灵魂。起初，镇上的人们都不理会，但时间长了，就有一些人禁不住诱惑，几百元就把自己的灵魂卖了。长老们感叹，灵魂这东西，就这么贱吗？

　　渐渐地，小镇上失魂的人多起来。出卖灵魂的钱很快就花光了，这些人迷迷糊糊地去了远方，有的赚了钱，有的死在了外面。

　　长老们觉得这样下去，小镇会出问题，他们决定自己走出去，探个究竟。于是他们打点行装，背着布袋出发了。几个长老一路走，一路打听。他们毕竟老了，在一个糊涂人的带领下，他们竟然走错了方向，进入了一个通往历史的小胡同。

　　许多年过去，长老们也没有回来。小镇被烟雾笼罩着，烟雾来自远方。凡是去往远方的人，都很少回来。随着时间的推移，小镇里的年轻人越来越少，渐渐地只剩下了一些孩子和老人。

七　妹

　　每到秋后，小镇都要举行纺织比赛，镇里的妇女们亮出自己的绝活。比较热闹的是纺线比赛，坝子上的纺车排成一溜，长老们发出指令后，年轻的妇女们开始纺线。别处的女人们都要把棉花做成手指粗细的棉花条才可以纺线，而小镇上的女人们则是直接纺织棉花团。细心的人们发现，在纺织的女人中，有一个年轻貌美的女子，她纺出的不是线，而是亮晶晶的雨丝。人们感到新鲜，就凑过去看，发现她纺的竟然是白云。人们知情后也不惊讶，因为有人家里曾经挂过雨丝门帘。

　　这个纺织白云的女子叫七妹，在她来时的路上，我见过她。我说，来啦。她低头不语，她的六个姐姐齐声回答，来了。

　　七个姐妹各有绝活，有纺线的，有织布的，有刺绣的，有裁缝的，有制衣的，有缝补的……人们知道她们是仙女，也不说出她们的秘密。等到比赛过后，我就在她们回去的路上假装看风景。当七妹路过我身边时，我说，走啦。她低头不语，脸却红了，她的六个姐姐齐声说，走了。

　　远处天空里，有一片白云前来接她们。

　　我记得那些年，小镇的赛事不少，我总能在同一条路上，看见七个姐妹，依次排列着，从我身边走过，她们走路时身姿轻盈，不发出一点声音。

一晃几十年过去了，小镇的赛事已经取消，我远在他乡，已经老迈，但还清晰地记得七个姐妹的样子。前不久我回乡，在小路上看见一个老女人，她面色苍黄，体态臃肿，步履蹒跚，但走路时却不发出一点声音。我当即认出，她就是那个七妹，那个曾经脸红的七妹。当她从我身边经过时，我说，吃啦。她看了看我，停下来，没有说话。我怔怔地看着她，等待她的回答。可是她没有回答。她竟然当着我的面，脱掉了外衣，然后脱掉内衣。她想干什么？我惊愕地后退了一步，对她的举动不知所措。就在这时，只见她两手抓住自己的前胸，"刺啦"一声把自己的皮肤撕开，从她的身体里面走出来一个新人。

这个新人，是个绝代美女，风姿绰约，不染纤尘。

我惊呆在那里，彻底懵了。当我缓过神来时，她已经在云彩后面，我隐约看见她的脸，像朝霞一样晕红。

第二辑

收藏者

保罗·克利（Paul Klee）/绘

收藏者

　　有一个喜欢收藏石头的人，名叫大解，经常去河滩里拣石头，他家里藏有许多有趣的石头。一天，大解正在河滩上拣石头，遇到一个老头，老头问他："你拣石头做什么用？"大解回答："观看。"老头说："我整天观看大河滩，河滩里有数不清的石头，有时我也观看远处的山水，山脉不也是石头吗？我没有拣石头，但也观看到了大大小小的石头。"大解听了深有所悟。

　　后来的一天，大解在河滩里又遇到一个老头。老头问大解："你拣石头做什么用？大解回答："收藏。"老头说："地上有很多石头，河滩以外还有河滩，山脉以外还有群山，你有多大的库房能够存放这些呢？"大解无言以对，深感自己的浅薄。

　　过了许多天，大解去拜访这两个老头，途中遇到了另外一个老人，与其攀谈起来。大解述说了此前的过程。这个老人说："你收藏石头，你很有情趣，但是最好看的石头你是收藏不到的，因为它们不属于哪一个人，而是属于所有的人。"大解问："你说的是什么样的石头？"老人说："你看见夜晚的星星了吗？它们闪闪发光，布满了整个天空，它们才是最好看的石头，是供所有人欣赏的石头，不用谁去收藏，它们永远存在，永不熄灭。"大解听了深感震撼，并与老人一直谈到深夜。他们共同观看了夜空，感叹星空的浩渺和美丽。从此，大解对石头有了更深的感悟，经常仰望星空，眺望大地，领略大自然的神奇造化。大解成了一个大收藏家。

拦截大风

让一场大风穿过山口不是什么太难的事情。但要截住正在穿过山口的大风，却没那么容易。有一年我路过新疆塔城老风口，亲眼看见九个人手拉手，在拦截大风。我没见过这种阵势，出于好奇也加入了进去，结果没过多久，风就弱了。原来拦截大风至少需要十个人，我加入后正好够数。为此，我自豪了很多年。

后来，我回到华北平原，经常在节假日去往太行山口，希望遇到大风并把它截住。但太行山人阻拦大风有特殊的方式。人们居住在山谷里，形成密集的村庄，每到起风的时候，家家升起炊烟，顿时整个山谷里形成炊烟的森林。风吹在炊烟上，遇到阻力而减弱。没想到炊烟也能起到防风的作用。

久而久之，习惯成了自然，在没有风的天气，农民也要定时生火做饭，升起炊烟。麻烦的是，遇到闷热天气，人们需要风吹，这些炊烟就成了挡风的障碍，需要砍伐。可是炊烟是软体植物，很难砍倒，即使费力把它们砍倒了，还会迅速长起来。为此，我成立了一个只有我一个人参加的科研小组，经过几十年的研究和实验，我终于找到了解决方案。我在论文中写道："无须砍伐炊烟，只要让风在炊烟的森林中拐来拐去，迂回穿过山谷，就会给人们带来凉爽。"但是这个方案有个前提，那就是：风必须同意拐弯，否则将前功尽弃。

石头种植技术

把玉米种在地里就能长出玉米。把小鱼种在地里就能长出小鱼。把石头种在地里，却未必能长出更多的石头，因为石头对于温度和湿度太敏感，很难发芽，即使发芽了也很难结果。经过几年的实验证明，石头不适合种植。最起码在黄土地上种植石头容易枯死，因为黄土不透气。

我从来不主张种植石头。我一般都是把石头搬回家里，做好底座，摆在架子上欣赏。对此，世界石头保护组织很不满，他们找到我，说我强迫石头站立，且一站就是多年，石头得不到很好的休息，会加速衰老。他们还向我传授石头种植技术，希望我种植石头，将功补过。我当场表示反对。

我依然坚持自己的观点，并一意孤行。我收藏的石头越来越多，家里放不下，就堆放在楼下的空地上。由于堆放的时间过长，一些石头接触土壤后扎下了根，有的石头竟然下出了蛋。事情是这样的：一天我搬起一块石头，发现下面有许多白色的小蛋，旁边还有一些蚂蚁在忙碌。这个发现让我震惊不已。我把石头下蛋这个重大发现报告给石头保护组织，他们的回复是：我们至今还没有见过石头下蛋，我们认为你是在扯淡。

石 头

如果你看到一块石头没有犯任何错误，却被人用草绳五花大绑，结结实实地捆起来，请不要为石头感到委屈，那是出于对石头的爱护，怕它们在运输的过程中相互磕碰，造成损伤。奇石经营者们懂得石头的价值，会采取防护措施，保护石头不受外力伤害，保证石头完好的品相。我见过一块顽皮的石头在运输途中偷偷地解脱捆绑，趁着路面颠簸，从车厢跳了出去，结果被人捉住，送回车里。

可是，石头并不这么看，它们认为捆绑就是最大的伤害。事实也确是如此。有一天我捉住一块奇石，由于捆绑太紧，身上留下了许多绳索的印痕，多年也不消退。这块石头可能是被捆久了，松绑以后失去了活力，像个呆子。为了还它自由，我把它送回河滩，几年后我去看它，它躺在原地一动不动，像一块死石头。由于被伤害的记忆太深，即使没有了绳索，它也不敢擅自移动。

为此我非常难过。为了惩罚自己，我把自己捆起来，放在河滩里，与石头待在一起，不料被一个女人当作奇石拣走，摆放在她家的客厅里。巧的是，这个客厅我非常熟悉，就是我家的客厅，这个女人我也非常熟悉，她就是我的老婆。但我已经部分石化，她跟我说话我假装听不见，她打我的时候我就忍着，像石头一样默不作声。

花　事

花园里有一朵特别美丽的花，开放时散发着迷人的芳香。一天我路过花园，看见一个泼妇（不知什么原因）正在辱骂这朵鲜花。没想到这朵鲜花非常娇羞和脆弱，禁不住辱骂，花瓣羞得通红，并当场垂下头去，几分钟后就枯萎了。看到这个情景，我非常伤心。没想到几分钟时间，一朵鲜花就这样被人活活骂死了。

为了抱打不平，我对泼妇瞪了几眼。由于我的眼睛小，聚光效果非常好，能把目光聚成一束，带有很强的杀伤力。泼妇的脸被我的目光灼伤，当场就脱掉一层皮，脸色立即变得白里透红，满含羞涩，像是一个淑女。随后，她的心灵也发生了变化，悔过自己的行为，当场向花朵表示了忏悔。

发现自己的目光具有这种神奇的效果后，我在小巷里开了一家美容所，专门用目光治疗泼妇，改变她们的脸色和气质。消息回馈说，经过我治疗的女人再次去花园赏花时，花朵会因注视而增色，并散发出更加浓郁的芳香。有一次我经过花园，花朵们见到我后兴奋得几乎要跳起来，有一朵花还亲了我一口，让我久久不能忘怀。

两个身影

　　一天，我在赶路途中，遇到一场大风，把身影给刮跑了。最初，这个影子被风吹挂在树梢上，像一块灰布，不住地飘拂，随后又有一股风把它吹到天外，再也没能找回来。

　　失去身影以后，我感觉很不适应。虽然走路轻快了许多，但总觉得与土地的联系缺少了，心里很不踏实。曾经有人主动把身影借给我，我也曾从地上捡到过一个身影，披在身上，但总是容易脱落和丢失。因为这些身影毕竟不是自己身体的一部分。

　　后来，我得到一个秘方，使劲从体内往外分泌暗物质，终于成功地长出身影，而且是两个身影，一个在身体的左侧，一个在身体的右侧，像一对隐形的翅膀。有人说，我的两个身影是用夜幕裁剪而成；还有人说是神赐给我的披风。殊不知这两个阴影，一个是我身体的副本，一个是我泄露在外的灵魂。

花朵乐团

一个园丁通过多次试验，培育出一种会跳舞的花。只要在晴朗的阳光下音乐响起，这种花就会摇摆枝叶，翩翩起舞，姿势非常优美。音乐播放完毕，花朵们就停止舞蹈，然后相互致意。

如果会跳舞的花还能会唱歌，该有多好。园丁费了很多心思，也没有试验成功。一天，一个三寸高的小老头路过花园，把花朵的叶片卷成筒状，有风吹过时，这些被卷起的叶子就发出类似口哨的声音。卷曲的叶子多了，整个花园的叶子就组成了一个乐队，有高音，有低音，有和声，有共鸣，非常和谐好听。在音乐声中，花朵们一边吹奏，一边舞蹈，而且相互欣赏，其乐融融。

这样一来，花朵们自己就构成了一个完整的乐团。园丁高兴极了。他非常感谢这个小老头，想请他当花园的音乐顾问，但小老头转身遁入地下，瞬间就不见了。

现在，这片神奇的花园就坐落在某个城市公园的一个区域里，前去观赏花朵音乐舞会的人们络绎不绝，无不赞赏。有时，会有一个三寸高的小老头在人们不易察觉的地方，笑眯眯地观赏花朵。园丁发现了他，也假装看不见，不去打扰。

传说，这些花朵都是这个小老头的子孙。这个三寸高的小老头就是住在花园里的地神。

懒惰的石头

我曾经费尽口舌，劝说一块石头，请它到远方去，它赖在原地，死活不肯走。我用一块小石头敲击它，它疼得直哆嗦，但就是不走。

通过敲击，我发现这块懒惰的石头内部似乎隐藏着一头猛兽。于是我找来锤子和錾子，一层层剥掉石头的皮层，果真如我所料，一头雄狮的轮廓渐渐裸现出来。如果不是我及时解救，这头雄狮有可能一直待在里面，甚至被闷死。

一天夜里，趁人不备，我雕刻的这头雄狮逃走了。

从此，我发现每一块石头内部都可能隐藏着生命。不是它们懒惰，而是这些生命个体被坚硬而沉重的外壳包裹着，已经窒息。也就是说，它们的皮层已经构成自己的监狱，如果没有外力及时解救，它们将永远被自身所囚禁。

后来，我在草原上见到了这头雄狮，它已经子女成群。再后来，我在狮子座星系群里发现了它的灵魂。

而我当初所说的那些懒惰的石头，通过雕刻都已复活，它们在获得自由的同时，也找到了自己的归宿。

打死一个龙卷风

有一次我在野地里行走，一股小旋风不紧不慢地跟在我身后，尾随我很久，把我惹怒了。我突然回头，照着旋风的上部就是一拳，把它打倒在地。旋风倒地之后挣扎了一下，消散了。没想到我这一拳竟然把它给打死了。

我的事迹很快在民间传开，越传越离谱，最后竟然说我一拳打死了两个龙卷风。说，当时两个龙卷风正在商量如何袭击一个村庄，被大解发现后，回手就是一拳，正打在龙卷风的心脏上，两个龙卷风当场昏倒在地，挣扎一会儿就死去了。

后来，这个事迹刊登在一家报纸上，说：一个叫大解的人，在旷野上走路时被人一拳打死。他死后灵魂出窍，与九个龙卷风搏斗了十昼夜，终于制服了龙卷风，使三十多个村庄免受袭击。他死后第十一天，成功还魂，又活了。

看完这则报道，我笑了。但随后我却笑不出来了。因为一股从天而降的巨型龙卷风卷着地上的杂草和落叶，气势汹汹地向我奔来，我当即认出，这个大家伙正是我打死的那个小旋风的父亲。

弯曲的小路

在我看来，扳倒一口井容易；把一片树林驱赶到远方也容易；把一块石头送到天上去也并非不可做到；但是要把一条弯曲的小路抻直却很难，你一松手，它就会缩回去，继续弯曲。

一个老头试图把一条小路抻直，想了许多办法。他曾经聚集全村的人，抓住小路的两端进行拔河；也曾用火烧烤，试图使其失去弹性；也曾使用咒语……但小路却越来越弯了，走在上面的人，也都渐渐成了驼背的人。

我有一个办法，但是不敢轻易说出来，因为这个办法太损了，一旦走漏风声，小路会找到我，缠住我的腰，甚至会把我勒死。

我的办法是，废弃它，荒芜它，从此不走了，让它长满荒草，慢慢死去。

后来，老头知晓了我的办法，也没有采纳。因为人们已经习惯了这条小路，经常有先祖的亡灵沿着小路回家看望子孙，也有离世的人必经此路。如果抻直了，亡灵们会不习惯，甚至在夜晚迷失方向，找不到家门。

据说，这条小路不是人们踩出来的，是土地自己长出来的。后来，走的人多了，上面叠加有无数层脚印，其中最底层的脚印已经模糊。据史书记载，那些模糊的脚印是一个泥人的足迹。

弯路　2018.1.8　大解

小老头

一个三寸高的小老头邀请我去旅游，我婉言谢绝了，因为他走路很慢，进入丛林或草地后，一旦迷失，将很难发现他。

如果小老头带着他的孙子去旅游，那将更麻烦，因为他孙子不足一寸高，且过于顽皮，到处乱跑。不仅如此，小老头往往是带着全家人一起出游。他们游览的地方不会超过几十平方米，尽管他们玩得很开心，而我却觉得地方太小，没意思。

小老头一家住在公园花圃的一角，住着积木建造的别墅，家里有昆虫驾驭的马车，有花瓣搭建的凉棚，全家人以花蜜为食，以露水为饮料，过着无忧无虑的生活。

一次，我带着女儿去小老头家做客，与他一家人拍了许多张合影。女儿把这些照片上传到网络上后，惹来了麻烦。没想到好奇的人们在网上进行人肉搜索，找到了小老头的居所。人们纷纷前去探寻、参观、采访、考察、科研，等等，小老头一家被公众围观，不堪其扰。

前几天我去拜访小老头，却失望而归。他们搬家了，不知去了何处。是我和女儿的错误，破坏了他们的安宁。我们感到非常抱歉。

后来，小老头来信，说他们搬家了，一切平安，不用惦念。他说他非常珍惜我们之间的友情，今后会经常给我写信。他没有一丝怨言，使我坦然了许多。但遗憾的是，他没有留下通讯地址。

　　可爱的小老头，愿你们一家平安，快乐，幸福。

两个月亮

世界上一共有两个月亮，一个在天上用于照明，一个在水塘里用于喂鱼。

这是我亲眼所见。一群鱼在撕咬水塘里的月亮，月亮疼得直哆嗦。我感到很奇怪，既然很疼，为什么不逃跑呢？我继续观察，发现月亮已经昏过去了，也可能是疼死了，不省人事了。

我不能这样袖手旁观。我觉得我应该出手相救。于是我从地上随手捡起一块石头，向水塘扔过去，正好砸在月亮上。鱼群一哄而散，但月亮可惨了，本来已经昏迷不醒，又被石头击中，当场就砸碎了。月亮变成了无数个碎块，漂在水面上。

我懵了，知道自己干了坏事，吓得拔腿就跑。出于好奇，过一会儿我又回去探个究竟，发现月亮的碎片在一点点聚合，最后竟然又复原了。

后来，我长大了，懂得了很多事情，知道月亮不止是两个，而是无数个。我知道每个水塘里都有一个月亮，河流里也有，井里也有，甚至碗里也有。月亮喜欢水，它泡在水塘里，鱼爱戏弄它，但无法吃掉它。因为月亮大，鱼嘴小，吞不进去。

创造了一个星球

土壤中蕴藏着很多秘密，你无法预测一片土地里能长出什么样的植物。你种下什么，地里就能长出什么。

我喜欢收藏奇石，就在地里种下一些石头，结果收成很差。一是石头发育太慢，虽然发芽了，但是几十万年后才能成熟。还有一些石头，不适合种植，埋进土里三天后就腐烂了。

后来，我不种石头了，我在地里种植一些土粒，结果出人意料。没想到这些土粒在地里发育很快，不断膨胀并向远方拓展，本来很小的一片土地，几年后就扩成了一片原野。

这种现象引起了科学界的高度重视，研究人员取出一些土壤标本进行化验，结果让人震惊，原来我种植的土粒竟然是失传已久的息壤，也就是传说中能够自己生长的土壤。

为此，我获得了国家颁发的奖章。但随后发生的事情却让人忧虑，因为其中一部分息壤包裹住我早年种下的一块石头，渐渐形成了一个球状体。这个球状体越来越大，已经离地三尺，我轻轻推了它一把，它就永不停息地转动起来。一旦它远离地球，有可能成为一个新星。

人们啊，如果我在偶然中真的创造了一颗星球，也绝不是我个人的智慧和功劳，我一定是在不知不觉中执行了上苍的旨意。

鸟 人

平时我很少与小鸟一起散步，尤其是麻雀，它们步子太小，和人的步调很不一致。另外，它们不住地跟我说话，我却一句也听不懂。在鸟的眼里，我肯定是个笨家伙。

一天，我在一群麻雀的反复邀请下，盛情难却，只好在林中小路上陪它们走一段。谁知在散步途中，被一个记者发现，拍下了许多照片，上传到网上，并声称，他在树林中发现了一个鸟人，身边跟随着一群小鸟。

通过网络上的人肉搜索，人们纷纷找到我，请我传授飞翔技术。我哪有什么飞翔术，实在推辞不过，我就只好瞎编。说，先练习振臂，时间长了，自然就会飞了。

没想到，我随便胡说的一句，却成了真经，有人按此法练习多年，真的飞起三米多高，飞行距离达到一公里多。鸟人真的出现了。从此练习的人们逐渐增多，飞行高度和距离也在不断加大，有的人已经可以和麻雀一起在天上散步了。

与此相反，鸟却在向人转变。许多小鸟进化成人身鸟首的类人鸟，失去了飞翔的能力，靠步行走路。这些类人鸟学会了人类的语言，但说话和吃饭依然使用着古老的鸟嘴。

这一切，都源于我的一句谎言。也许真理和谎言就在一张纸的两面，我戳穿了这张纸，让它们通过这个漏洞走向了彼此的反面。

鸟乐园

　　一只小鸟从远处飞来，落在一棵光裸的树上。由于树枝太细，它没站好，一下子仰面朝天摔下来。幸亏小鸟在掉下的过程中及时翻身，调整好身体，又飞了起来。

　　树上其他的小鸟们看到它仰面摔下的场面，可能是感到好笑又好玩，也纷纷学着它的样子，假装从树枝上掉下来，仰面摔倒，然后在快要落地时及时翻身，飞回空中。

　　慢慢地，这种摔倒的游戏演变成一种表演，成了小鸟们日常的节目。为了防止万一，造成误伤，我在树下堆积了一些落叶，即使小鸟掉在地上也不至于摔伤。

　　有一天，一只大公鸡爬到树上，也学着小鸟仰面摔下，结果重重地摔在地上，造成颈椎挫伤，幸亏抢救及时，才脱离了生命危险，但却住了十几天的医院。

　　出院后，大公鸡不再爬树，只在地上做一些保安性的工作。而最初不慎摔倒的那只小鸟，由于在自救过程中发明了一种游戏，因此成了此类游戏的终身教练，每天示范仰面摔下的姿势，乐此不疲。

祥　云

　　牧羊人在空旷的草原上空发现一片云彩，一直悬在天上，仿佛被人固定在那里，永远也不飘移和消散。春夏季节，他经常到这片云彩下面放牧，有时躺在青草地上，看着羊群悠然地吃草，享受清凉。羊群不吃草时，就抬头望着远方，像一群小板凳，四条腿立在地上。

　　后来，一只狼发现这里是个乘凉的好地方，有时还带来它的伙伴。狼的出现引来了狮子，狮子引来了猎人，猎人的身后，一个死神在悄悄地尾随他，已经跟踪了多年。

　　从此，牧羊人就不再去祥云下放牧了，他任由羊群追踪着飘移的云影，在草原上游荡。羊群没事的时候就喊妈妈，妈妈也跟着喊妈妈，像是一个母系氏族在呼唤它们共同的母亲。

　　多年以后，那片固定的祥云飘走了，地上的杀戮也转换了地方。有人看见一个猎人追踪着狮子，走到了远方。狮子追踪着一只狼。狼在逃跑的过程中，顺便追逐一只兔子。兔子实在是跑不动了，闭上眼睛看见了死神。死神的背后有一只无形的大手，在控制着所有生物的命运。

　　牧羊人不想理清这些复杂的生死关系，他只喜欢广袤的草原和散文一样的羊群。一天，他习惯性地躺在草地上，仰望天空，惊异地看见了这样的一幕：天上飘来一片白云，这片白云慢慢地幻化成一片羊群，当这片神秘的羊群飘过他的上空时，忽然停留在那里，不再移动。

牧羊人似乎想起了什么，"噢"地站起来。他看见这片飘浮的羊群里，有一只硕大的白羊，浑身散发着光辉。当整个羊群都在呼喊妈妈时，它慈祥地喊道：孩子们。

第三辑

建筑师

保罗·克利（Paul Klee）/绘

非 马

很久很久以前，一个从未见过马的人，看见一匹飞奔而过的马，决定把它画下来。于是他顺手捡起一根草棍在地上画起来。他画出了飞扬的鬃毛，画出了马的轮廓和四条腿，他感觉画得不像。他擦掉重画。他去掉了马的肉体，他把肉体简化为线条，画出了马的姿势和精神。他画出了一匹非马。于是，"马"字就诞生了。

从此，他知道，文字不是事物本身，而是事物的灵魂。文字可以离开事物而存在，并且衍生出另外的文字。他依照这个"马"字，画出了另外的马，他在地上画出了文字组成的抽象的马群。

当又一匹马从他眼前飞奔而过时，他没有去画它。他觉得画下了文字的马以后，真正的马已经不重要，可以被忽略甚至取消。

到了暮年，这个创造了"马"字的人，去掉了自己的身体，或者说从身体中抽出了自己的灵魂。有人看见他的灵魂骑在一匹马的灵魂上，从天边一掠而过，许多秀才从手中的书卷里听到了他们远去的声响。

追　风

　　从前，有一个牧羊人，善于奔跑，甚至超过了风速。一天，一个人说错了一句话，说完就后悔了，请求牧羊人把这句话追回来。牧羊人答应了，他顺着风跑，居然跑到了风的前面，截住了这句话。从此他名声大振，不再牧羊，专门为后悔的人追赶话语，多年从未失手过。

　　牧羊人所追赶的话语，大多是些小声说出的，即使被风吹走，也不会太远。这使他感到很不过瘾。有一天，他决定自己大喊一声，看看能否追上。于是，他用尽了全身的力气喊了一句，随后就追过去。由于声音传得太远，他追到了遥远的远方，从此没有回来。

　　多年以后，有人在风里看见了他的影子，并听到了他的喊声的余音。据说他无法停下来，也无法超过自己的喊声。他喊的是自己的姓名。

寿　星

　　喜欢安静的王老太，家里的水管坏了，一直"滴答滴答"漏水。老太太听到滴水声就伤感，感觉时间在消逝。她请人修好了水管，可是墙上的钟表还在"咯噔咯噔"地响，她又伤感了，认为时间消逝得太快。她摘掉了钟表，屋里彻底安静下来了，可是由于太安静，她听到了自己的心跳声，比滴水和钟表还要准确，而且一刻不停。这时她终于明白，生命的计时器一直就埋伏在人体内，而且从胎儿时期开始就进入了倒计时。这就是人的宿命，只要你出生了，就无法逃避。

　　王老太想明白以后，就不再伤感了。她又把钟表挂回墙上，也不再计较心跳的声音，她甚至觉得人世的喧嚣是生命繁盛的表现。她开始热爱沸腾的生活，积极锻炼身体，参加集体活动，身心逐渐健朗起来。后来，她请钟表厂为她特制了一个钟表，表针每天只跳一小格，转一圈正好是一年。这样一来，时间在她的感觉中也慢了下来。总之，在多种因素下，她活到公元2146年时，还在电视节目中做嘉宾，向人们传授养生之道。那时，她已经218岁了，还不知要活到什么年代。她成了世界上最老的寿星。

时间在发光 2018.1.6 大解

真正的大师

有一个画家，画过了世间万物以后，最后迷恋上了空气，便以画空气而闻名。无论在画布或宣纸上，他画出的空气都可以达到让人看不见的程度。空。空无。空虚。不着一物，又充盈万物。画到极致时，他甚至不着一笔，只是向纸上轻轻地吹一口气，画就成了。

在一次画展上，展出了他的几幅《空气》系列作品，看上去都是空白。不懂画的人还以为他什么也没有画，实际上他已经通过命名表现了空气的意韵，犹如呼吸，让人感到空气无处不在，又不可被看见和触摸。他通过无形化解了有形，达到形消而神在。

后来，我搞了一个恶作剧，把一个空空的画框挂在墙上，也参加了展出，名字也叫《空气》。他看后找到我，严肃地说：你才是真正的大师。

匠　人

　　古时候，有一位年迈的书法家，白须飘飘，长可过脐。在一次聚会时，豪饮过后，兴之所至，抓起自己的胡须，蘸墨而书，狂草成章，令人拍案叫绝。后来，许多书法家纷纷效仿他，也都留起了胡须，但是这些人不是因为胡须太短，而是功力不足，很少有成就者。

　　这个用胡须写字的书法家，经过几十次生死轮回，前不久，出现在一次笔会上。他的胡子已经写秃，现在改用毛笔了。尽管如此，向他索字的人依然很多，有的人跟踪了几十代才得到这次机会，他们把会议室的门口都给堵塞了。我挤进去一看，书法家正在狂草，而他的经纪人已经收取了大量现金，其中还有冥币。

　　据权威人士说，这个辗转了几十代的书法家，早已不比当年，如今他已完全被金钱所驱使，成了一个平庸的匠人。

心　事

从前有一个人，心里装满了心事，像一个装满杂物的库房，需要清理。他请来清洁工打扫了一次，又打扫了一次，后来经常打扫，终于把那些乱七八糟的东西清理干净。

清理掉了所有的心事，他忽然觉得心里空空荡荡，有些不太适应。一时间，他几乎不知道自己该思考些什么，怎样排遣这空虚。他陷入了迷茫。

他的心就像搬空了东西的库房。有一天，他想到库房里看看，就打开门走了进去。他反复查看，发现整个库房里只有他自己。这是他第一次走进自己的心里，并在心里发现了自我。他感到很新奇。

这时，清洁工习惯性地来打扫库房，见里面有一个人，看都没看一眼，就把他清理了出去。清洁工已经把这个库房当成了自己的工作间和私有场所，刚开始，装进一些工具，后来堆放杂物，再后来，在里面堆满了垃圾。

从此，这个人的心里，堆满了别人的东西。

母亲的发现

有一个女人，至少有三个人在她的身体里面练过拳脚，并从她的身体里出走，使她成为母亲。她数了数，世界上有很多母亲。她又数了数，所有的人都是母亲所生。作为母亲，她感到很自豪。

可是有这么多母亲负责生育，那么谁负责死呢？她想，一定有人负责死。于是，她带上一些干粮和水，就上路了。她要去寻找负责死的人。

她走了很多路，找了很多年。直到有一天，她老得走不动了，快要死了，才发现，死是在人体内发生的事情，是自己的身体使自己死亡。

原来自己就是负责死的人。

临死前，她对自己的一生很满意。她终于看见了死。她数了数，已经死去的人有很多。她又数了数，所有死去的人都曾经生活过。她发现了这个重大的秘密之后，幸福地闭上了眼睛。

建筑师

一个建筑师想建造一所最小的房子，供自己居住。这所房子的最佳效果是：恰好能容纳自己，又轻又薄又柔软，坚固耐用，可以随身携带，能够居住一生。他按照这个要求设计了许多方案，做了许多模型，都不满意。

建筑师去求助他的父亲。他的父亲说，这很容易。于是，他的父亲带着他往回走，把他领到他出生以前：他的父亲用古老的方法创造了他，给了他一个身体。

建筑师抚摸着自己的皮肤，满意地说：不错，正合我意。

于是，建筑师按照这种古老的方法，创造了一个更小的身体，送给了他的儿子。后来，他的儿子评他为优秀建筑师。

彩　虹

古时候，两个石匠要造一座桥，正好赶上雨后出现了彩虹，为了省事，石匠就把彩虹搬来，架设在了河流上。但彩虹又高又陡，一直无人敢从上面走过。

一天，来了一个会轻功的人，从彩虹的一端走到了另一端。当他走到彩虹的顶端时，还摸到了天上的云彩，看到了远方山脉。

这件事被天神发现了。天神认为彩虹是上天之物，不可以随便践踏，就下令把彩虹搬到了别处。后来，人们果然在另外的地方发现了彩虹，与河流上空的一模一样。

搬走彩虹以后，天神赐予两个石匠以智慧，让他们按照彩虹的形状建造了一座石拱桥，架设在那条河流上。有时天神也从石桥上经过，或者停留，在桥上安排河流的去向，倾听流水的声音。

大解 / 绘

不存在的人

有一个老头，决定把自己的生命过程倒过来，从老到小，重活一次。他得到了神的允许。

于是他又重新经历了自己的一生。他从衰老走向年轻，从结果走向原因。就像倒放的电影胶片，他回到了壮年和少年时期，看到了许多早已死去的人。

由于他的生命过程自己都已经知晓，所以他的生活没有一点悬念，他顺利地回到了自己的幼年，直到变成母亲腹中的一个胎儿。

他越变越小，最后，他熄灭在母亲的身体里，成了一个不存在的人。

多年以后，人们考察他的个人史，发现他来过这个世界，并且活了两次，却无法找到他的坟墓或者骨灰。因为他回避了死亡，成为一个不死的人。他从小到老然后又回到了小，使自己的身体原路返回，消失在生命的起点。他实现了不死而灭。

后来，有很多人要求重活一次或者多次，都被神拒绝了。神考虑到生命的尊贵，只允许人们生活一次，并且不可更改。

被捆绑的人

　　有一个人设计了一种捆绑人的最新方法，非常得意，于是就拿自己做了示范。他把自己捆了起来，看谁能把这些扣解开。

　　由于他的缠绕技巧过于复杂，无人能够破解，而他自己也忘记了解开的方法，于是他被绳索一直捆绑着，行动很不方便。

　　有人建议把绳子割断。但他过于迷恋自己的捆绑技巧，以至于舍不得割断绳子，宁可被长期捆绑。时间长了，捆绑他的绳子长到了肉里，成了他身体的一部分。慢慢地，他的身体因为捆绑而变了形。

　　他死后多年，有人在野外看见他的灵魂也变了形。

三个木匠

从前，有一个木匠打制了一个巨大的木框，架设在旷野上。人们透过这个木框，可以看到远处的风景。人们觉得，是这个木框突出了远处的山水风光，使人们领略到了大自然的诗情画意。

多年以后，木匠的儿子给这个木框的底部安装了轮子。移动这个木框，人们可以看到不断变化的更多的风景。人们惊叹这个创举，纷纷前来观看风景，并且赞不绝口。

又过了许多年，两代木匠都死了，老木匠的孙子拆毁了这个木框，恢复了自然原貌。没有木框以后，人们看到了无边的风景。这时，人们才恍然大悟，正是这个木框限制了人的眼界，也限制了人的思维方式，使人只看到有限的事物。

后来，这个拆毁木框的木匠，得到了人们的拥戴，成为一代建筑宗师。

善　者

从前，有个书生在写一部书时，书里出现了一个坏人。他对这个坏人所做的坏事恨之入骨，气得大骂。可是坏人依然在做坏事，并不理睬书生的看法。这个倔强的书生不允许这样的坏人在他的书里继续作恶，于是就把他给写死了。

写死这个坏人以后，他长舒了一口气。他凭着自己的正义和良知，不经过任何法律程序，就在书中处决了这个坏蛋。他觉得自己像一个行侠仗义的侠客，有了一些英雄的气度。

这件事传出去以后，人们都佩服书生的侠义之气，人们纷纷前来找他，把现实中的坏人故事讲给他听，希望他把这些坏人写进书里，然后在书中把他们处死。找他的人太多了，坏人也太多了，凭他一个人的力量根本处理不了这么多的事件，也不可能把这么多的坏人全部处死。于是他想出了一个办法，他把这些坏人写进同一部书里，然后在书中对他们进行言传身教，让他们明白做人的道理，懂得什么是恶行和廉耻；同时，他还请来最好的医生给这些人做手术，去除他们本性中的恶根。这样，通过手术和心灵感悟，大多数坏人都改邪归正，成了无害的人，有的人甚至还成就了大事。

这个书生在后来的所有著作中，没有凭个人义气再处决过任何人，也不再跟书中人进行争执。但是，现实中的坏人依然存在，他们有的读书，但不思过；有的从来就不读书，根本就不知道世界上还有这样一个书生。

另一个我

前一段时间，我发现了一种排遣孤独的新方法。我通过照镜子把镜子里的那个假我请出来，坐在一起聊天、喝茶。有一天，我和那个假我正聊得开心，老婆从外面回来了，她听见家里有两个人在交谈，以为来了客人，可是进屋一看，只有我一个人，家里并没有其他人，她感到很纳闷。

有好几次这样的情况，我都是在老婆进屋之前，让那个假我回到镜子里，然后装作没事一样。

有一天，我又在照镜子，镜子里的那个假我从里面走出来，趁我不备，突然把我推到镜子里，而他成了我家的主人。我的傻老婆，根本不辨是非，把他当成了我。现在我郑重声明，自从我进入镜子以后，人们在我家里看到的那个我，不是真正的我，而是我的影像。他所做的一切，都将由他承担法律责任。

现在，我已经找到走出镜子的办法。我要等待时机，一旦那个假我前来照镜子，我就立即走出镜子与他互换。和他互换以后，我将永远不再照镜子，不再给他出去的机会。

绝对真理

有人说，谎言说到一千遍就会变成真理。为了验证这句话是否正确，我说了一句谎话，然后重复了一千遍，结果发现这句话仍然是谎言。怎样才能获得相反的结果呢？我求教了许多人，都没有上策。

一天，我把这句谎言放在一堆真理中，经过反复搅拌，使其完全混淆在一起。几个小时以后，我发现这堆真理中有一半以上变成了谎言。仔细研究后我发现，不是我的谎言污染了真理，而是有些伪真理的包装在搅拌时被磨损，露出了里面的真相。这个发现让我震惊不已，原来我们深信不疑的某些真理竟然是经过伪装的弥天大谎。

为了证实这个实验的有效性，我用相反的思路又做了一次。这一次，我把一个真理放在一堆谎言中，经过反复搅拌，结果这个真理却依然是真理。我用显微镜仔细观察，发现这个真理不是来自一般事物的相对真理，而是绝对真理。

书法家

古时候，有位书法家，从来不用笔，他只用木棍在沙滩上写字，写完以后立刻擦去。人们只能在沙滩上欣赏他的书法，却无法得到他的真迹。他认为生命无常，人生不过是匆忙的过客，没有必要在世上留下真迹。

这件事，被另一个书法家知道了，决定要找他比试一下书法的功力。这位书法家从来不用笔，也不用其他工具，他只用手指，把字写在空气里，连痕迹都不留下。他认为，书法的最高境界是大象无形，手随心到，化有为无，让字迹随生随灭，与天地万物融为一体。

两个人来到沙滩，正要比试。这时来了一位老和尚。和尚说，你们不要比试了，你们的功夫都很了得。但老衲以为，字迹都属于有，而心迹为无。老衲写字从来不用笔墨工具，连手也不用，我只用心写。心，大可无边，小如毫发，变幻无穷。用心写，不与物象比拟，不与山川争形，吞吐八荒，书而无法，心象合一，物性天成。

和尚说罢，两人顿悟，遂跪于高僧脚下，拜为师。日后，两人悟透人生，藏书于胸怀，万法归心，成为一代宗师。

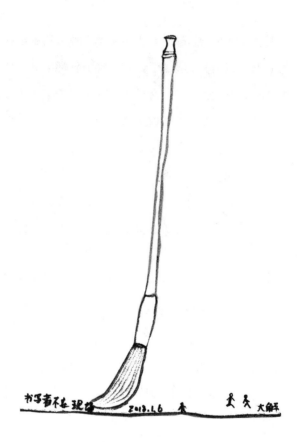

书写者不在现场　2013.4.6　春　大解

自己的外人

　　有一个非常著名的演员，能够塑造各种人物，达到逼真的程度。在一部有关他自己的剧本里，剧组让他出演自己，他却演得非常虚假，一点也不像。为此他感到很苦恼，想找到其中的原因。他对着镜子反复观察自己，研究自己的一言一行，分析自己的性格，甚至把自己请到清静的山野里，跟自己独处，静静地交流、谈心。一段时间过后，他继续出演自己，还是不像，他只是模仿了自己的形态，没有体现出一个人的整体气质和内心世界，看上去依然很假。

　　为了继续探究自己，有一天，他趁自己不注意，用钻头在自己的身上打出一个小孔，然后通过内视镜对自己的身体进行偷窥。这一看让他震惊不已，他发现自己的身体里竟然隐藏着一个陌生的灵魂。他问这个灵魂是谁，灵魂说："我就是这个身体的主人。你不认识我，说明你根本不了解自我，你只顾去模仿别人，却把自己当成了外人，你虽然拥有这个身体，却不认识自己。"说着，他就被这个陌生的灵魂赶了出来。

　　演员被赶出来以后，猛然醒悟，他之所以演不像自己，是因为他多年来一直在借助这个身体，生活在别人（角色）

的命运中，完全忽视了自我，以至于不再认识真实的自我。他成了自己的外人。

多年以后，这个演员经过生活的磨砺，去掉了所有的伪饰，他还原为个人。慢慢地，他的身上不再有他人的影子。他逐渐接近了自我，最后彻底回归自我，与自己成了一体。这时，他不是在出演自己，而是生活在自己的命运之中。他终于成了自己的主人。

力大无比

三个壮汉想把地球搬起来，他们一齐用力，尽全力搬了三次，也没能搬动。

得知这个消息后，我找到他们，当着他们的面，倒立起来，用脑袋顶着地球，没有费多大的力气，就把地球举到了空中。这让他们佩服不已。

我顶着地球，犹豫了好久，也没有找到合适的地方，最后只好把地球放回原处。

我被尊为大力士，这就不用说了。人们佩服的是，我顶起地球时，居然是两脚踏在空中；若是两脚踏在地上，举起一个天空也不在话下。

后来，我想抓着自己的头发，把自己拔到空中，但是很不争气，我没有拔起来，却把自己抻长了，身高从 1.65 米一下子变成了 1.76 米。这件事，让人们笑话不已。

两个灵魂

前不久，在体检胸透时，医生惊讶地告诉我，你是一个特殊的人，你的身体里有两个灵魂。

我这才意识到，平时体内确实有两个人经常争吵、辩论，甚至大打出手，搞得我胸部疼痛。医生说，你必须手术，取出一个灵魂，体内保留一个灵魂。一听说要手术，我当即反对。我愿意保守治疗。

后来，我找到心理医生，医生开出的药方是：一、让两个灵魂随便吵，吵累了，它们就老实了；二、怂恿它们打架，来一场生死搏斗，打死一个，剩下一个，就安生了。如果两败俱伤都死了，没有灵魂了，反倒省心。

回家后我按照这个方法治疗，效果极差，比以前还闹腾了，简直让人心神不宁。后来，在一个牧师的引导下，两个灵魂都忏悔了自己的过错，从此不再争吵，并且相互帮助和鼓励，成了朋友。

现在，我不管遇到什么问题，都跟两个灵魂商量，使我的智慧增加了一倍。关于这件事，我不能过于声张和炫耀，因为毕竟许多人没有灵魂。

那些可以忽略的

一架飞机在天上飞。如果忽略掉乘客和行李，就可以理解为许多张机票坐在飞机里，正在飞行。因为机票是很重要的，没有机票，即使你长得再好看也不能登机，因此也就无法乘坐飞机飞行，除非你自己会飞。

如果把机票也忽略掉，就可以理解为钞票在飞。因为没有钞票，你就无法购买机票，没有机票，你就不能坐在飞机里。

如果把地球也忽略掉（事实正是如此，飞机已经离开地球，好像天空才是它们的家园），把乘客、行李、金钱、机票都忽略掉，就剩下飞机在飞。如果把飞机也忽略掉，天空将变得何等空茫。

有一次我坐在飞机上，心想，如果把肉体也忽略掉，会是怎样。也许，只有肉体才需要这个世界，灵魂所需要的，可能恰恰相反。

透明的小姑娘

从前，有一个透明的小姑娘，从来没有影子。她特别羡慕那些有影子的人。于是她去找巫婆，求巫婆施展法术，给自己一些阴影。巫婆说：你站在黑夜里，连灯光和星光都要避开，七个夜晚之后，你就会获得阴影。透明的小姑娘听了巫婆的话，站了七夜，当她走到阳光下，发现自己没有阴影。她又去找巫婆，巫婆说：你的身体里有光，还需要在阳光下站七天，把光交还给世界。透明的小姑娘听了巫婆的话，在阳光下站了七个白天，但她还是没有得到阴影。她又去找巫婆，巫婆说：七个夜晚和七个白天你都站了，七十年后你就会获得阴影。

七十年后，透明的小姑娘变成了一个老太婆，真的得到了阴影。而那个巫婆随着年龄的增长却越变越小，心智和体型都回到了儿童时期。后来她失去了法术，整天生活在阳光下，被阳光洗尽了体内的杂质，变成了一个透明的小女孩，也失去了阴影。天气炎热时，七十岁的老太婆就用剪刀剪下自己的一块阴影，披在小女孩身上，为她遮挡太阳。这个透明的小女孩，像披着一件黑色的披风。

黑月亮

一个黑月亮出现在白昼。人们惊呆了。有胆大者找到天梯，攀到天上一探究竟。地上的人们仰望着，唏嘘不已，以为不祥而惶恐。

后羿闻讯，拉长弓将其射中。黑月亮中箭后崩碎，变成灰尘弥漫于天空。随后黄昏降临。随后黑夜降临。

胆大的人从天上回来时，地上已有灯火，有人入梦，有人已经死去了多年。

传说，黑月亮不是月亮，它是黑夜的灵魂。

不跟火车赛跑

我从来不跟火车赛跑，火车的腿太多，有蛮力，我跑不过它。我也不跟汽车赛跑。就说小汽车吧，它有四条腿，如果它在奔跑中同时打开四个车门，就会像大甲虫一样飞起来。我不能跟它比。

一般情况下，我愿意跟古人比赛。一次我绕地球跑了三圈，到头一看，古人还躺在原地没动。我赢了。

还有一次，我跟尚未出生的人比赛，我跑了几个小时，对手也没有出现。我一打听，原来与我赛跑的对手一千年后才能出生。我来早了，需要漫长的等待。后来又听说，他不来了，永远也不来了，他拒绝出生了。我成了没有对手的人。

实在无聊，我就自己跟自己比。我的左腿跟右腿赛跑。没想到我的左腿略短一些，跑起来总是吃亏。两腿长度不一的跑步结果是，我在场地上绕起了大圈子。一些正直的人们误以为我是在故意制造圈套，就制止了我的可疑行为。

如今，我已经找到对手了。经过多年观察，我发现一个非常阴暗的人，一直贴在我的身边，已经跟踪我多年。我准备甩掉他。可是无论我慢走快走或是飞奔，都无法甩掉他。他就是我的影子。

大 解 / 绘

双目失眠

有一段时间我双目失眠，眼睛闭上一分钟之久还不能入睡，因此我特别羡慕那些闭眼半秒钟就能做梦的人。

尽管死后有充裕的时间睡觉，但我还是想治疗失眠症。我用不透光的黑布做成眼罩，戴上后入睡时间提前了许多，但还是不能在半秒钟内入梦。

为此，我向死者请教睡眠术，死者哈哈大笑。我去医院，医生也哈哈大笑。看到他们大笑，我也笑了起来。没想到我大笑的时候眼睛都笑眯上了，眼睛眯上后当场就睡着了，随后就打起了呼噜。

我的失眠症就这样治愈了。但入睡太快，也带来一些不便之处。比如在公共场合遇到可笑的事，我都忍着不敢笑，因为我的眼睛本来就小，一笑就眯成了一条缝，一旦眼睛眯上，我当场就会睡着，甚至倒在地上。不了解我的人还以为我笑晕了，岂不知我是睡着了。

生死回环

一个死者向我问路："去往人生怎么走？"我说："你要是问我死路，我可以告诉你，活到头就是了。但想重新来到人生，恐怕就没那么容易。人们来到世上，不是你想来就来的。轮到你来的时候，你不想来也得来；该你走的时候，你不想走也得走。这些都由不得自己。"

死者说："老兄你理解错了。我打听人生之路，是想如何回避，免得再次误入人生。我想沿着死路一直走到底，永不回头。"

明白他的意思后，我说："这个好办。你已经是死者了，一直走下去就可以了。"

没想到生死之路是一条环形路，他走得越快，回环越快，没过几年他就回到了人生，成为一个后人。当我再次遇见他的时候，他假装不认识我，但我一眼就看穿了他的本质——虽然他更换了身体，但依然使用着旧的灵魂。

修补灵魂

一次我在地上发现一些灵魂的碎片，当即用塑料袋把它收起来，或许会有用处。没想到这些灵魂碎片还真的派上了用场，恰好有一个灵魂缺陷者到处求医，在报纸上刊登广告，高价寻求灵魂碎片，以便修复自身。

出于人道，我把灵魂碎片无偿献给了这位患者。据说修补灵魂的手术非常复杂，即使手术成功，也需要漫长的恢复期。

去年，我步行一千多公里前去看望他，见到了这位患者。让人遗憾的是，由于我所提供的灵魂碎片数量不足，致使他的灵魂缺损没有得到完全修复，至今还留下一个漏洞。

医生无法解决的问题，我想试试。我尝试用道德进行弥补，没有效果。后来我用一张大额钞票糊在漏洞上，当时就见效了。金钱的作用让我惊愕。

身影缺陷

我遇到过一个人，身影有些缺损，阳光强烈的时候特别明显，总是少一块，看上去怪怪的。

我见过许多彩色身影的人，身影缺损者我却很少遇见。出于好奇，我把自己的身影剪下一块，贴在他缺损的地方，结果无效。没想到身影也有排异反应，两个人的身影不能融为一体，就是强力胶水黏合也没用。

到医院检查后发现，由于他性格过于内向，情感收敛，导致一部分身影退回体内，长期积累之后，就出现了"身影缺损症"。医生给出的治疗方案是，敞开心扉，释放身体能量，日久会有好转。

任何事情都要讲究一个度。在治疗过程中，他的情感和体能释放过度，在短时间内把身体彻底排空了，结果出现了相反的结果：他没有了身影。

一个没有身影的人更加苦恼。好在经过漫长的时间，他的身影得到一些恢复，但看上去还是很薄，禁不住风吹。前不久我见过他一次，看见他的身影若有若无，在身后飘忽，仿佛披着一块透明的塑料布。

真丝衣服

前天，我老婆洗衣服时，不小心把一件真丝衣服也放在洗衣机里洗了，没有想到，洗完后衣服缩水严重，竟然缩成一团，再也不能穿了。有人给出一个办法，说是找到线头，能把丝线抽出来。老婆试了试，还真行，真的从这件皱巴巴的衣服里抽出了丝。她决定把这些丝线缠起来，留作他用。由于当时没有找到可用的东西，她就把丝线缠在了自己的身上。我回到家一看，她已经把自己织在了一个大蚕茧里。等我剪开蚕茧的时候，她已经变得又白又胖，身体略微透明。有人说，幸亏你发现得早，否则她将变成一条蚕。老婆对此却不以为然，她缠绕丝线的时候，以为自己是在织毛衣。

自我搏斗

有一个武功超群的人，天下无敌。由于没有对手，只好进行自我搏斗。一天，他在自我搏斗中误伤，把自己的一只胳膊给拧断了。

这只被拧断的胳膊康复后，产生了记忆，对另一只胳膊记仇了，经常伺机报复。有一天，趁其不备，这只胳膊突然发起攻击，把另一只胳膊给拧断了。复仇以后，两只胳膊扯平了，但两只胳膊都受过伤，此人武功大为减弱。

随着双臂受伤，这个天下无敌的人，左半身和右半身产生了对立的情绪，相互不予配合。比如左腿已经迈出，右腿却不跟进。左眼睡觉了，右眼却睁着。久而久之，他的身体严重失调，精神也失常了。

一天，他发现一个阴影一直跟在他身后，他以为是死神在跟踪他，于是他与这个阴影展开了一场殊死搏斗，最后被活活累死。他至死都不知道，这个阴影就是他自己的身影。

宝　刀

　　有一个铁匠得到一块陨铁，他用这块陨铁打造了一把刀。这把刀锋利无比，可以把湖水割开一道裂缝，十天之内都无法愈合。

　　一个壮士听说铁匠打造出快刀，前来寻购。铁匠说，这是一把宝刀，我不卖。除非你用一把同样铁质、同样锋利的快刀跟我交换。

　　壮士一心想得到这把宝刀，于是就到别处去寻找同样铁质、同样锋利的快刀，然后购买，以便跟铁匠交换。

　　壮士满世界寻找。多年以后，他得到一个消息，说有一个铁匠拥有一把宝刀，可以把湖水割开一道裂缝，十天之内都无法愈合。

　　壮士费尽千辛万苦找到这个铁匠时，自己已经老了。他看见似曾相识的一个铁匠铺里，一个苍老的铁匠正在打铁，便恭敬地上前问道，听说老先生有一把宝刀，可否转让给我？老铁匠说，是的，我确实有一把宝刀，但我不能卖给你。因为我已经答应一个壮士，等待他用同样铁质、同样锋利的快刀来跟我交换，我必须信守诺言。

　　老壮士说，我年轻时见过一个打造出宝刀的铁匠，他也说过同样的话。铁匠说，世上竟然有跟我说同样话、同样信守诺言的人？我一定要去拜访一下这个铁匠。

于是老铁匠抱着他的宝刀出发了，开始了寻找另一个铁匠的旅程。当他费尽周折打听到他要寻找的铁匠时，已经老得不像样子。他带着宝刀来到一个似曾相识的村庄，村里的人们告诉他，这里确实有过一个铁匠，很久以前他去寻找另一个铁匠去了，至今没有回来。

这时，一位风尘仆仆的老壮士从远方赶来，说是要寻找一位打造宝刀的老铁匠。两个人在破旧不堪的铁匠铺里相遇时，已经互不相识。一阵交谈之后，又各自出发，开始了漫长的寻找。

失魂记

一个人从故乡出发，去往远方。由于他走得太急太快，超过了身体的承受力，把灵魂甩到了体外。他的灵魂跟不上他的脚步，渐渐落在了后面。

灵魂在后面苦苦追赶，可是无论如何也追不上他。他们一前一后地走着，距离越来越远，最后竟然互相不见踪影。

一天，他终于坚持不住了，就在他快要累倒时，他发现自己的灵魂丢了。没有灵魂的人，就是一个皮囊，等于行尸走肉。

他意识到事情的严重性，就回去寻找灵魂。但是路上经历了太多的风风雨雨，灵魂在途中被雨水浸泡和腐蚀，已经瘫在地上。当他在路边的草丛中找到自己的灵魂时，灵魂已经虚弱不堪，许多部位已经腐烂，无法再回到他的身体里。

他觉得一个人不能没有灵魂。他一定要治愈灵魂。他知道故乡有一位老先生，曾经为灵魂疗伤，是位神医。于是他带着自己腐烂的灵魂往回走，回乡给灵魂治病。

也许是出行的时间太长了，也许是灵魂在体外的缘故，他走回故乡，费了很多周折。不是他的故乡消失了，而是变化太大，让他无法相认。当他说出要找的人时，人们告诉他，神医早已过世。

这时，故乡已不再适合他生活，也无人挽留他。无奈之下，他只好带着腐烂的灵魂，又踏上了去往远方的行程。而远方究竟在哪儿，到那儿以后干什么，他并不十分清楚。

身　影

　　有一个脾气火暴的人，发火的时候心跳加快，血压升高，皮肤发烫，在仪器检测下可以看到他浑身散发出微弱的火苗。难怪人们常说火气大或者发火，原来真有冒火这一说。据说火气超过身体极限的人，容易发生自燃。

　　我说的这个人没有自燃，但也遇到了麻烦。一次他在发火时，身上冒出的火苗把自己的身影给烧毁了。失去身影以后，他时常觉得孤单。

　　后来，一个壮士要去刺杀魔鬼，没打算活着回来，再说带着个身影也是个累赘，就在临走之前把身影送给了他。

　　壮士的身影高大而威猛，他披在身上虽不合身，但总算比没有身影强多了。

　　有了身影以后，他仍然经常发火。一天他在跟一个人发火时，对方看见他火冒三丈，没有跟他争吵，而是迎面一拳，将他打倒在地。

　　谁也没有料到，他倒在地上，他的身影却猛然从地上站起来，把对手吓得后退了一步。

　　这个身影是壮士的身影。

传　说

从前有个杀手，一刀砍断小路，然后拔腿就走，大风拦截也不停下。没想到小路尾随而至，直到杀手过了一条河，才摆脱了小路的追踪。

多年以后，杀手死了，小路从无数个方向来到他的坟前，并在坟的周围绕了许多圈，从空中看去，这个坟就像是一张蜘蛛网的核心，刮风的时候，这张网在不住地飘动。

小路把杀手牢牢地控制在这张网里了，没想到，这正好为杀手提供了方便，每到夜晚，他的灵魂都沿着无数条小路同时出游，浪迹天涯，然后返回。

据史料记载，这个杀手从没有杀过人，他只试过一次刀，砍在地上，然后拔腿就走，大风拦截也不停下。

另据史料记载，小路从来就没有追过人，更没有在地上织过网，它只受过一次刀伤，伤愈以后，多次看望过一个死者。其他传说概不足信。

飞机

保罗·克利（Paul Klee）/绘

小城堡

前不久，有一个朋友请客，叫了一桌人，有熟人，也有陌生人，其中一个吃到中途就消失了，谁也不知道他去了哪里，手机也关了。大家找了好久也没找到，没想到他最后却从桌子底下钻出来了。原来他喝多了，顺势就溜到了桌子底下，正好有桌布盖着，谁也没看见，他就在下面睡了一觉，醒来时发现人们正在找他。

那天，人们发现桌子底下是个休息的好去处，都争着往下钻，但下面毕竟地方小，容不下很多人，大家就轮流钻到桌子底下，享受这种待遇。过一会，饭店服务员进来了，发现有人在桌子下面说话，就掀起桌布看了看，笑着走了。

过了一些日子，我们又来到这家饭店，看见他们推出了一项新的业务：加大了桌子下面的空间，在里面备置了坐垫和小马扎，作为客人们的临时休息室。没想到这项业务非常受人欢迎，我听到许多人在桌子下面聊天，谈生意，场面极其隐蔽而热闹。后来，这家饭店把这种餐桌命名为"小城堡"。一时间，小城堡的生意极其火爆，这里成了人们消闲的时髦场所。

蛇　吞

去年秋天，我去太行山里，在一所小学校附近发现一条蛇，正在吞吃自己的尾巴，已经吃进了半截。看来这条蛇是饿急了，实在找不到吃的，就把自己的尾巴当成食品吞了下去。当时它的身体已经形成一个圆环，我用一根棍子把它挑起来，挂在树杈上。

回来后，我把这个见闻写成文章，发表在报纸上，立刻引发了人们的好奇心，一个生物学教授还专门写了一篇论文，认为此事不可能。他提出了三点：一、蛇吃自己尾巴的时候会疼痛难忍；二、蛇不喜欢吃自己的肉；三、我是属蛇的，我连自己的手指头都舍不得吃，更不用说吃掉半个身子。

对此，我也提出了自己的观点：一、蛇可能是在尝试一种新的吃法，如果吃掉旧尾巴，还能长出一个新尾巴，那么今后就不愁吃喝了，可以自给自足；二、蛇想自杀，没有人帮它，它只好自己把自己吃掉；三、既然想死去，留着身子和尾巴也没用了，还不如最后饱餐一顿，自己把自己吃掉，免得死后被别的动物吃掉。

为了这次争论，我和教授都到事发地点去寻找那条蛇，结果发现那条蛇还挂在树上，保持着原来的形状，看上去像一个铁环，我用石头敲了敲，果然发出了"铛铛"的金属音。没想到我这一敲，山村小学的学生们以为是下课了，从教室里蜂拥而出。

我开始怀疑自己，莫非我当时看到的原本就是一个铁环？

假新闻

某地方小报曾经有过这样的报道，说：三个清洁工在凌晨清扫大街时，把月光也给扫进了垃圾堆，里面还夹杂着落叶。我看后当即断定，这是一则假新闻。我可以用人格担保，甚至亲自验证，推翻这条新闻。第二天凌晨，我找不到铲子，就把自家的炒勺拿去，到路上去铲月光，结果证明，月光是铲不掉的，更别说清扫了。

后来，天文台的专家也站出来，用科学的方法论证了月光的不可清扫性。专家说，月光落在地上，是无法清扫的，必须用干净的毛巾蘸上酒精后反复擦洗，才能擦掉。其科学原理是，月光随着酒精慢慢挥发到空中去了。但是根据物质守恒原理，月光并没有消失掉，而是存在于空气里，时间长了还会沉积在地上。

这条假新闻受到民众的广泛关注和批评，迫于舆论压力，15天后该报纸刊发了道歉信，承认这是一条假新闻，并给予当事人停职73年的处分。为此，全市的清洁工放假三天，以示庆祝。可是，由于没有及时清扫，三天以后，月光在地上堆积了三层，夜晚路上又滑又亮。对此，许多人感到疑虑，莫非记者的报道属实？人们思考至今，依然感到不解。

影响世界的一只蚂蚁

　　一只蚂蚁被摄影师跟踪拍摄以后，成了动物明星。一天，这只蚂蚁要路过城市的一条主要街道，为了保证它安全顺利通过，交通部门对这条路实行了临时管制，来往车辆和行人一律禁止通行。这个路口车辆堵塞以后，不料发生了连锁反应，整个城市的交通都发生了堵塞。其中一个路口与火车线路交叉，火车也被迫停运一段时间，铁轨处于临时关闭状态。这条铁轨关闭以后，整个铁路交通枢纽都临时改变了行车时间，最后影响到全国的铁路交通，一时间整个国家的铁路和公路都处于混乱甚至瘫痪的状态。

　　可是这只蚂蚁并不知道发生了这些事情，它不慌不忙地在街道上溜达，并不急于横穿马路。好不容易等到它快到马路边缘的时候，不知为什么，又转过头来，回到马路中央。它在那里发现了几块面包屑，竟然把其中的一块叼起来，开始搬运。等它把几块面包屑全部运到路边的时候，五个小时已经过去。

　　道路全面瘫痪以后，车辆和行人都耽搁在路上，全国各大城市机场的国际航班也因乘客不全而延误，致使许多国家的机场秩序发生混乱。有些国家还因此发生了骚乱和罢工，社会矛盾激增，这导致了政府的更迭。当人们知道这次世界性事件是因为一只蚂蚁出行所导致的结果后，大家都给予了充分的谅解。可是后来所发生的事情，却真的让人发愁了——这只蚂蚁发现十字路口中心的交通指挥塔下面是个好地方，就在那里安了家，并且引来了许多蚂蚁。

影子大厦

有这样一个地方，人的影子落在地上以后，会逐渐加厚、黏滞、变沉，对人形成沉重的拖累。更有甚者，影子把人拖住，造成行走困难；即使费力走了，影子印在地上，许久也不消散。影像学家和地质学家们对此展开了科学调查，共同研究发现，这个地方的土质很特殊，从文化层上分析，土壤中的阴影已经积累了三千多年，非常深厚。人从地上走过所留下的影子，与土壤中的历史积淀产生呼应，在地表上发生了微妙的化学反应，形成了影子黏滞和加厚现象。

找到原因以后，地质学家们提出了土地过滤方案，意在清除几千年留在土壤中的积存。但由于涉及土地面积太大、成本过高而无法实施。有人发明了钛合金佩剑，专门用于斩断影子，但由于携带不便，很少有人使用。也有人避而远之，不从那里经过，免得受到拖累。我的一个朋友发明了一种喷雾剂，喷到影子上后，影子就分解并蒸发掉。但随身带着一个喷雾器，毕竟不太方便，最终喷雾器也没有投入使用。现在，我和一个地产开发商正在进行联合开发，在这片土地上建造一座大厦。我们的做法是：就地取材，利用这片土地的影子叠加效应，使影子不断加厚并达到一定的厚度，然后从地上把阴影撬起来进行加工，制造出以阴影为主要原料的建材，用于建造大厦。

我建造这座大厦的目的，不是为了居住，而是在里面堆放火焰，用来自内部的光，把这些阴影全部摧毁。

光环与彩虹

有一天我在公园的长椅上晒太阳，发现阳光中有一个光环，我就把它戴在了自己的头上。戴上光环以后，引来了许多人的围观，有人给我拍照，有人把光环借去戴一下，然后又还给我。有了这个光环以后，我感觉自己浑身都增添了光辉。

可是好景不长，太阳落下以后这个光环就消失了。第二天我又去公园里等待光环出现，一直没有等到。就这样时光流逝，秋去冬来，冬去春来，终于有一天，我发现那个我曾经戴过的光环，已经长大，变成了雨后的一弯彩虹，出现在远方的地平线上。一个年轻人健步穿过这道彩虹，像是穿过了辉煌的凯旋门，充满了自信和活力。我当即迎面走去，也穿过这道彩虹，仿佛走进了一个神秘的王国。

其实，所有彩虹都是圆的，人们所看到的彩色圆弧只是它露在外面的一小部分，圆环的其余部分都藏在地下。一个煤矿工人在地下挖煤时曾经挖到过彩虹的其他部分，但没有保存好，拿到手以后就融化了。如果我在场，我一定把它戴在头上，给我什么样的桂冠我都不换。

月光饮料

自从人类登月以后，月亮就不再是原始的月亮。随着人类对月亮的开发和利用，月亮最终将成为一种商品。一些聪明的商家早已抓住商机，把月光这种自然资源包装成概念性商品，推向市场，取得了很好的销售业绩。满月时的月光，每升最高卖到过 10 美元。

我就喝过月光。把透明的水晶杯摆在月光下，任其自然倒满，可以慢慢喝，也可以一饮而尽。尤其是青年男女们，特别喜欢消费月光。他们成双成对坐在露天餐厅里，一边谈情说爱、悠闲地聊天，一边饮用月光。月光这种饮品，既不增肥，也不醉人，更没有任何对人体有害的添加剂，是一种健康纯洁的光源，滋身养心，舒缓情绪，适合所有的年龄。

一次我在大海边，在七个美女的陪同下，喝了七杯月光，随后用手指在沙滩上写下了千古绝唱。后来我成了诗人，七个喝过月光的美女都成了仙女。

如今，月光饮料已经风靡世界。尤其是在皓月当空的夜晚，如果你不喝上一杯月光，你就不可能遇见七仙女。

科学家发现，随着月光的过度使用，近些年月亮的亮度有所减弱。更让人忧虑的是，一旦有人买断了月亮，人们将无权享受月光。在垄断价格下，月光饮料也将成为一种高昂的商品。

高架桥

这些日子，我居住的小区门口正在修筑高架桥，工人们日夜不停地施工，工程进度很快，桥墩和大梁已经铸就，一部分段落已经开始铺设路面了。我看用不了几个月的时间，就可以竣工通车。

我和朋友说起这件事，他不屑地说：这有什么了不起，我家门口经常出现彩虹，七彩，拱形，高大，神从下面走过，都不会碰着头顶。那才是真正的高架桥。

我知道他不是在吹牛。我确实看到他家门口出现过弯曲的彩虹，非常高大、漂亮，但很不实用。很少有车辆从彩虹上面经过，毕竟那空气铸造的东西不是很结实，弄不好会发生坍塌，酿成重大事故。大多数时候，人们都把彩虹另作他用，任凭淘气的孩子们把它当作滑梯，爬上去，然后滑下来。看那些孩子，下滑得那么快，那么危险，落地的时候，屁股墩在地上，眼泪都出来了，还在笑。这游戏非常刺激，但风险极大。

两相比较，我还是喜欢水泥铸造的桥梁，走在上面踏实、坚硬，有安全感。政府和交通部门也主要是考虑安全和耐用等因素，经过多次论证，最终选择了钢筋混凝土结构的建桥方案，放弃了华而不实的彩虹。我支持政府的选择，当时在网上做民意调查时，我就投了赞成票。

超级大风

这世上，让人操心的事情总是很多。比如昨天夜里的大风，把城外的一座山刮远了，据媒体报道，那座山被向外推移了 16 米。也就是说，过去一直使用的以这座山的主峰作为测量基准点所得到的数据，现在都需要修正了。另外，还有几十个夜间作业的环卫工人在返城途中被风刮走，据说被刮到了山的背面，到记者发稿时为止，这些人仍然下落不明。

风确实很大，今天凌晨两点左右，我去卫生间时，看见窗玻璃像丝绸一样抖动。我隔着玻璃望了望夜空，星星都被刮走了。我一直担心楼顶上安装的热水器，会不会被风掀翻，早晨我上去看了看，还在原地，只是固定水箱的钢筋被扭成了麻花。

现在，风还在刮，但小了许多。风刮过电线时发出的尖啸声，与穿城而过的火车鸣叫声混合在一起，更加剧了紧张的气氛。我催促老婆赶紧找出蒸汽熨斗，把皱巴巴的窗玻璃熨平，否则我们看窗外时，那些皱褶和波浪会影响视线。老婆答应着，但行动非常缓慢，因为风在客厅里形成了涡流，她要想穿过这个涡流，必须搬起一块石头来加大体重。平时我收藏的奇石，这回终于派上用场了。但石头被风刮到一个角落里，堆在一起，它们的棱角已经被风磨圆，搬起来很费劲。

空缺一人

有一天，我坐在家里看电视，正在播出的一部电视连续剧里，有一个演员是我的熟人，我指着电视屏幕问他："嘿，小子，你什么时候成了演员了？"他诡秘地小声跟我说："嘘，别声张，我正在演电视剧，你跟我说话，我的台词就乱了。"

虽然他是小声说话，但由于这部电视剧是在播出的过程中，还是被细心的观众发现了。后来，有人给电视台写信，说某某演员在电视剧播出的过程中跟人聊天，缺少职业道德。为此，剧组专门向观众道了歉，并给了这个演员一次处分。

后来，在接下来播出的几集连续剧中，这个演员愤而出走，离开了剧情，因而每到该他出场的时候，屏幕上都有一处空白。导演为了说明这件事，每到此处，就在屏幕下方打出一行字幕，解释说：此处空缺一人。

无药可医

某制药厂研制出一种新药，能包治百病，对死亡不超过一个小时的人灌进此药后此人甚至能够复活。此药一上市，就被老百姓抢购一空。后来，许多家药店打出招牌：某某药三月后到货，顾客需提前七年预订。

对此，药监部门不置可否，科学界却给予了充分的肯定。许多死而复活的人深有体会地说："我都死了将近一个小时了，家人给我灌进此药后，我居然又活了过来。"这件事在阴间的反响更大，死者抱怨纷纷，说，为什么死后一个小时的人能够复活，我们这些死亡十年以上的人就不能复活？这是严重的不公平！于是他们纷纷给药厂写信，要求延长治疗期限，凡死亡百年以内者都应该包括在内，望厂家在研发新药时给予充分考虑。

对此，药厂并没有立即给出答复，而是加大资金投入，加快研发进程。厂长拍着别人的胸脯，信誓旦旦地说，我们力争满足所有生者和死者的要求，生产出好药，救死扶伤，为人们的身体健康做出自己的贡献。

可是，没过多久，这个发誓的厂长却得了暴病，经抢救无效而死亡。新闻发言人说，厂长的死因是：为了死守秘密，他吞下了药的秘方，因此他的死无药可医。

快与慢

　　去年以来，为了增加运动量，我每天下班坐一段公交车，然后在半路下车，走半个小时的路，正好到家。坚持了一些日子之后，感觉身体非常轻便爽快，走路健步如飞。有时走到了家门口还无法停下，在惯性作用下又往前走了一里多。因为这，有时也耽误事情。有一次我出差，步行去火车站赶火车，由于在路上走得太快，到了火车站也没能及时停下来，又往前走了很远，结果错过了车次，让同事们笑话至今。

　　后来，我努力让自己慢下来，不管遇到什么样的急事，我都尽量慢慢走。有时连我的影子都走到了我的前面，我依然不着急，不想超过它。这样有意练习一段时间后，有了明显的效果。比如有一次我在路边散步，即使是站着不动的人都能超过我，人们问我如此之慢的秘诀，我就是不告诉他们。现在，看在你阅读我的文章的情分上，我私下透露给你，你千万不要泄露给其他人：当时我是在倒行。

一棵树

　　2007 年的 9 月 18 日，我在石家庄市的藏石展销会上，买到一块石头，上面的图案是一棵树，树上还有十几片柳叶形的叶片。石头的产地大概是甘肃。我记不太清了。我非常喜欢这块石头，摆在家里客厅的显要位置。可是，随着秋天的加深，石头上面的树叶开始飘落，先是一两片，后来三四片，没想到在半个月的时间里，图案上的树叶全部落光了，只剩下一棵光裸的树干，根部堆积着落叶。我这才意识到，这可能是一块造假的石头，我上当了。但这时藏石展销会早已经结束，商家也已撤走，没法退货了。我只好就这样摆下去，就算交一次学费吧，今后长个教训。

　　可是，让我想不到的是，到了春天，这块石头竟然出现了奇迹，上面的树干和枝丫上出现了叶芽，不到半个月的工夫，这些叶芽竟然长成了树叶，与我买来时一模一样。我还是第一次遇到这种情况，惊讶得不知所措。这时我认定，这块石头不但不是假石头，而且是一块神石，会随着季节变化而改变图案。我感觉出这不是一般的石头，放在家里可能要出什么问题。于是我趁人不备，偷偷地把它埋在了路边。现在这棵树已经长到一人多高，像是一棵柳树，只是它夹在泡桐树之间，有些不太协调，除此之外，至今还没有人发现它是一棵从石头里长出的树。

风　　2018. 大解于石家庄

拖拉机感染症

我居住的城市正在进行城区改造工程，因此经常听见拉砖的拖拉机突突突地从城区经过。我一听到这种声音，心跳的声音就立刻变大，无法工作和休息。去医院检查后，医生告诉我，这是"拖拉机感染症"，一旦心跳声超过300分贝，就会引起全身性颤动，并从胸腔里发出拖拉机的"突突"声。医生给我开了一些镇静药，吃后也未见效。后来我想出一个办法，我在自己的胸脯上安装了一个扩音器，跟在拖拉机的后面跑步。由于我的心跳声被放大无数倍，超过了拖拉机的声音，震得拖拉机不能正常行驶。为了保证施工进度，施工部门指派三个人专门负责阻止我，不让我跟随拖拉机跑步。这件事惊动了城市管理部门，调查处理的结果是：禁止拖拉机进城，凡施工一律改为汽车运输。此后几个月，我的症状消失了，但拖拉机却落下了后遗症，它们一遇见我，就吓得加速逃跑，因为它们害怕我的心跳声。

天然乐园

一

　　燕山深处，每到晨昏时间，村庄里都冒出炊烟。由于烧柴的原因，有一家烟囱里冒出的炊烟呈现大树的形状，高高的树干，伸展的树冠，很长时间也不消散。后来，村里的人们纷纷效仿，都烧那种特殊的柴火，大树形状的炊烟逐渐增多，这个村庄里就形成了一片炊烟的森林。

　　烟雾形成的森林，毕竟还是烟雾，有些鸟儿误以为是树，落在上面，呛得直咳嗽，甚至昏倒。为了不影响生态平衡，当地政府多次制止，但村民就是不听。无奈之下，政府只好派出砍伐队，将炊烟锯断，一棵棵炊烟应声倒下。可是到了下一次做饭时间，炊烟又原样冒出来，而且更加茁壮。

　　后来，政府从源头入手，研究烧柴的生物属性，利用基因变异法，改变了柴火的生长结构和基本元素，效果非常明显。经过改良的柴火燃烧后，冒出的炊烟随风飘散，再也无法形成树林。村民被蒙在鼓里，只是感到纳闷，却不知其缘由。

二

炊烟的森林消失以后，新的问题又随之而来，鸟儿的数量迅速增加。到了秋天，鸟儿经常糟蹋庄稼。当地政府为了吸引鸟儿的注意力，每到收获季节，都组织大规模的鸟类歌咏比赛，获奖者可以得到米粒，并允许钻到朝霞的内部飞翔。

有一种会说人话的鸟，因朗诵了三首唐诗而获得年度总冠军。我见过这只鸟，它非常傲慢，只崇拜唐代诗人，对当代诗人根本不屑一顾。

三

这个地方的政府为了宣扬政绩，把炊烟治理和鸟类比赛的过程报道出来。没想到，这件事引起了旅游部门的兴趣，建议他们恢复炊烟森林，并保留鸟类歌咏比赛，利用特色资源发展当地旅游业。当地政府采纳了这些建议，利用科学手段又恢复了柴火的生长基因，几年以后，树状的炊烟又回到了这个村庄。

鸟儿的问题也得到了妥善解决，其办法是：利用会说人话的鸟对所有鸟儿进行培训，宣讲注意事项，制定鸟儿纪律。从此，鸟儿们不再糟蹋庄稼，与农民的关系也变得和睦。后来，当地农民自发地帮助鸟儿组建了鸟儿乐园，并经常举办歌咏比赛。有一年，在全国青少年朗诵大赛上，获得第一名的竟然不是人，而是一只鸟。这只鸟就出在这个村庄。

　　如今，慕名而来的人们在观看了炊烟森林和鸟儿歌咏以后，无不称奇。这两项已经成为当地的重要的旅游资源，每年吸引大批游客前来参观。这个村庄也成了一座著名的天然乐园。

特殊元素

大约五十年前，一个编织苇席的驼背老人曾经送给我一块用黄泥做的小烧饼。他是在我家的灶膛里烧的，烧熟以后，表皮略呈褐色，看上去让人很有食欲。他递给我时还是热的，我当场就吃了，好像没有什么味道。此后我再也没有吃过这种土做的饼。

近些年，单位里每次组织体检，我的身体里都能检测出一些特殊的元素。后来我才知道，凡是吃过这种土饼的人，身体里都有这些元素。这些人有一些共同的特征：一、皮肤弹性好，脚后跟不易开裂；二、嘴唇偏厚，牙齿坚固；三、长相虽然比较土，但为人厚道；四、对泥土有特殊的亲近感；五、对饼类食品有天然兴趣……总之，好处还有很多，这里就不一一列举了。

现在，人们已经很难吃到这种土饼了，因为稀有元素日渐稀少，这种土饼已经成为国家控制物品，很难得到。最近我发现，我亲手画出的饼，吃下去也有一定的效果。有一天我自己在家，懒得做饭，就亲手画了两张饼，吃下去，一天都没饿。这件事传出去以后，烦恼也随之而来，现在向我求画的人越来越多，我画的饼也越来越好吃，已经引起了烙饼行业的嫉妒和不满，有人经常来找我的麻烦。好在我不在意这些，只要是对人有益的事，我就要坚持做下去。日后，我兴许还能成为以饼为题材的著名画家，也说不定。

对面的高楼

我家对面的高楼顶上，有人设置了一张捕鸟网。一天上午，我看见一片云彩从楼顶上飘过，不慎被网罩住，再也飘不动了。我看到后，立即跑到那个楼顶，把云彩解救了出来。

没想到，这件事引起了人们的热议。有人说，不就是一片云彩嘛，值得你去救吗？有人说，云彩干吗飞得那么低，纯粹是自找的，活该。有人说，那张网是用来挡风的，不是捕鸟的，你说得太玄了，是在作秀。有人说，我根本不相信会有这么结实的网。

对此，也有人提出了不同的看法，给了我一些支持。他们的说法不一，大致有以下几点：一、你的做法是对的，我们支持你。二、今后凡超高建筑，楼顶都应安装警示灯，以防不测。三、尚未安装警示灯者，应临时安装一个警示牌，写上：鸟和云彩请绕行，此处危险。四、建议环保和交通部门给鸟和云彩设立安全通道；在此前提下，凡不遵守规则、乱闯乱跑者，后果自负。五、建议给鸟和云彩发放特殊通行证。六、不得在高楼顶上随意设置障碍。

迫于舆论压力，最近，楼顶上那张捕鸟网已经撤走。有时朝霞从上面飞过，停留或盘旋一会儿，并不轻易落下，也不再有危险，让人省了不少心。

老木偶

　　多年前，我在老家农村，用果木雕了一个真人大小的木偶，栽在地上，用于吓唬鸟儿，防止它们糟蹋庄稼。不料几年以后，这个木偶竟然长出了枝叶，并结出了果子。原因是我雕刻时用的是新木头，带皮的部分接触土壤后，就生出了芽子。

　　后来，乡亲们纷纷效仿，也雕一些木偶，栽在农田里，既吓唬了鸟儿，又能结果子，一举两得。有人还在木偶的嘴上安装了电子装置，播放人的声音。这些装置用太阳能电池，平时也不用充电，因此常年可以说话。有一次，一个不知情的人到农田里，听到每个木偶都在自言自语，吓得拔腿就跑。

　　刚开始，鸟儿看见这些会说话的木偶，非常害怕，可是时间长了，它们发现木偶只说不动，还长出了树叶，就不再恐惧。再后来，鸟儿们还经常落在木偶的头上，鸣叫或者拉屎。去年秋天，我假装成木偶站在农田里，竟然有两只鸟落在我的头上，让我震惊的是，这两只鸟并不鸣叫，却说起了人话，而且是当地的方言。我一听就笑了，知道它们是听惯了木偶的录音，慢慢地学会了说话。

现在情况不同了，有的农民更换了录音装置，里面录制了歌曲。平时，鸟儿们聊天时都说人话，说腻了就学唱歌曲。而可怜的木偶却失去了威慑力，既不能吓唬鸟儿，也不能自主发音，更不能擅自移动，头上还落满了鸟的粪便。最让人忧心的是，有些木偶已经老了，结出的果子也渐渐稀少，它们一直站在地上，已经疲惫不堪。现在，应该考虑它们的归宿问题了，可是到底应该怎么办，一时间人们还没有拿出好主意。

手　机

最近，我居住的小区里，不知谁家养了一只公鸡，每到后半夜就发出鸡鸣声。我感觉鸡鸣声很好听，对于我这个在农村长大的人，鸡鸣会给人带来一种怀旧的情绪，感觉非常亲切。于是，我就把手机的铃声设置为鸡鸣。有一次来电话，我的手机响了，不料被这只公鸡听到，引起了它的同感，随后它也跟着叫了起来。后来，这只公鸡一叫，我就以为是来电话了，经常造成混乱。无奈之下，我把手机铃声改成了狗叫，可是狗听到我的电话铃声以后也跟着叫，有时还追着我叫。为了免除这些麻烦，我干脆改成了人的叫声。没想到在公交车上，我的电话响了，人们听到人的叫声，以为出了什么事故，竟然引起了同车几个女孩子的尖叫。后来，我改成了大火燃烧的声音，被消防车听到后，追了我十公里，幸亏我练过长跑，否则非被抓住不可。

后来，我把手机扔了，谁也找不到我了。我得到了安宁，同时也陷入了空虚。

遇见外星人

昨天，我在河北邢台市西北部山区里遇到一个外星人，他和人类长得一模一样，而且在太行山里已经生活了一辈子，今年七十多岁了，看上去很苍老。他主要以种地为业，偶尔也到河滩里拣些石头，垒在自家的院墙上。他告诉我，在六千多年前，人类的生存基因曾经受到过外星人的修改。他说，在此之前几百万年，在猿人向人过渡的过程中，外星人就已经插手人类生活，从中做了手脚，使猿人突变为人。按照这位老人的说法，我们现在生活在地球上的人，都有外星人的基因。

外星人也是遇到一场星球灾难后，通过漫长的星际飞行才找到了我们的地球，把他们的基因嫁接到猿人身上，实现了他们的基因移民计划。近些年，外星人造访地球的次数增多，主要原因是地球环境遭到了破坏，已经引起他们的密切关注。一旦地球环境发生恶化，他们将逐步采取拯救措施，向另外的星球移民。我见到的这位老人就是外星监测员。我趁他不注意时用手机把他偷拍下来，没想到我只拍到一个轮廓线，根本拍不到真实的影像，因为他的身上有特殊抗体，对声、光、波、磁等各种宇宙背景辐射都有自我保护能力。

我问他叫什么名字，他当时就告诉了我，但只过一秒钟，我就忘记了。现在，我连这个人长得什么样，是否真的存在，都印象模糊。

　　由此可见，他真是个外星人。那么，我们是谁？这还真是个问题。

有关外星人的跟踪报道

关于外星人造访地球，还有一种说法是：外星人对地球的生命非常关爱，原因是他们把地球当作了一个生物培植场，让地球上人丁兴旺，绵延不绝，然后从人的生命中提取灵魂，让灵魂做星际飞行，去寻找宇宙间适合生命生存的新家园。因为制造宇宙飞行器成本很高，运行中的能量补充也是个问题。而人的灵魂重量只是人体重量的十亿分之一，并且灵魂具有独自飞行的能力，非常适合于做星际间的无限期飞行，其间不用任何能量补充，是稳定的能量守恒的理想飞行者。基于这些因素，外星人就把地球当作了灵魂采集场，从健康的人体内提取灵魂，他们已经采集了无数年，却不为人类所知。

外星人采集人类的灵魂，然后派遣这些灵魂到宇宙间去寻找新家园，本身不是件坏事。一是灵魂得到了重用，从事着一项伟大的事业；二是人类的灵魂一直居住在人体内，即使在梦里出行，也不能走得太远，必须及时回归，这样守着一个身体终其一生，未免有些憋屈，灵魂非常渴望到远方去旅行。灵魂被采集，既满足了灵魂出行的渴望，也符合外星人的需要，岂不是两全其美的事情？

但任何事情都有负面影响，由于在这个世界上，人类的灵魂是个定数，随着人口不断膨胀，造成许多人徒有其表，而得不到灵魂。再加上外星人对地球人灵魂的疯狂采集，致使人类灵魂急剧减少，真正优秀的灵魂几乎成了稀有之物。这件事情已经引起了一些人的警觉，但由于外星人手段高明，又加以诱惑，灵魂减少已经成为一种难以控制的趋势。我们必须认识到事情的严重性，否则几千年后人类就真的成了没有灵魂的躯壳。

　　为此我建议，让那些外出旅行的灵魂分期分批地返回地球，以供给人类灵魂之空缺，保证人类的进化。考虑到长远效应，外星人已经采取了措施。据说第一批返回地球的灵魂已经快要登陆了，他们一旦回归到人体，人类有望获得视野开阔、具有宇宙旅行经历的灵魂。

星空 2018.1.6 大醉 乱画于 石家庄某小区

草原风车

一

进入二十一世纪以来，坝上草原对于风能的利用非常普遍，许多丘陵地带的高坡上都架起了风力发电的风车。远远看去，那些缓慢转动的白色风车像是一棵棵巨大的三叶草，不但没有破坏草原的景观，反而把草原装点得更加美丽。

自从草原上有了这些风车，草原的青草就长得格外茂盛，草的高度也是年年增加，有的地方已经达到一人高。原因是风车太高大，致使卑微的小草产生了攀比心理，渐渐改变了生长基因，草茎的高度和叶片的长度都在不断增加。如此进化下去，若干年后，青草的高度有可能超过风车，并在地球上蔓延，将造成一场生物灾难，后果不堪设想。

这件事情已经引起了生物学家的警觉，并在草原上设立了监测站，密切注意青草的长势。我也是关注环境的人，前不久我到草原去考察，看到这种情况，心里非常忧虑，几个夜晚都没有睡好觉。有人建议立即制定一部青草法，凡高度超过限制的青草必须在规定的时间内自我折断，否则将依法斩首。但这样的法律很难实施，因为侵犯了生物的生存权。

为此，生物学家成立了科研小组，已经研制出一种新型的叶片不停转动的三叶草，可以直接用于发电。此项技术尚在保密阶段，只在适当的区域里试用，要待到做完生物属性和环境评估以后，才能逐步推广应用，并逐步淘汰那些高大而笨重的金属风车。这项新技术的研制原理是：利用青草的攀比心理，让它们模仿风车，迅速进化，直至成为能够转动叶片的三叶草，然后再进行矮化处理，使之向正常的青草回归。按照"风吹草低见牛羊"的美学原则，这种新型的三叶草一般不超过 1.5 米。吹过三叶草的风，还能得到重复利用，顺便吹在牛羊的身上，届时将给辽阔的草原平添许多生机。

二

　　考虑到生物多样性以及生物的生存权，有一棵巨型的三叶草在科学家的培育下，已经出现在草原的风车阵列里，三片巨大的叶子在风中缓缓转动。远远看去，你将认不出那是一棵草，你会以为它原本就是一架高大的风车。

　　我知道这样的技术是绝密，不可能泄露，但出于好奇心，我想探知一下秘密。我趁人不备，从这棵巨型三叶草的茎上挖下一小块。

这个发现使我激动不已。为此，我偷偷地做了一次试验。我从工商局查抄的婴幼儿奶粉销毁现场偷出几袋奶粉，加水后浇灌在一片草地上。几天后，这片草地上的青草就达到了两米多高，并且早熟，比正常的青草提前五个月就结了籽。如果激素充足，我有让它们长到 30 米高的把握。

但我的试验很快就被草原监测部门发现了。由于使用奶粉浇地后，水分被蒸发到空中，正赶上一片云彩从上空飘过，云彩吸收了奶粉中的激素后迅速膨胀，超过了极限。这个异常现象被当地气象部门发现后，他们顺藤摸瓜找到了我的试验场地，迫使我销毁了这些草。

这件事还是留下了短时的后遗症。因为草原上的风也吸收了奶粉中的激素，风穿过三叶草的叶片后，叶片出现了轻微的膨胀。好在影响不大，经过科学家的注射治疗后，草叶的膨胀现象已经消失，又恢复了正常。你去草原，如果运气好的话，说不定就能看见这棵巨型三叶草，伸展着巨大的叶片在风车阵列中缓缓地转动。

我与天使

我曾经多次警告过人类，不要把楼房建到云彩以上，否则会遇到麻烦。但人们就是不听，反而建得越来越高。有一天终于出事了，一个在云彩中飞翔的天使差点撞到了楼上。幸好楼房的窗子是打开的，天使通过窗子直接飘进了屋里，把房子的主人吓了一跳。当时我正在这家做客，看见窗外飘进一个美丽的天使，万分惊讶。由于天使的翅膀有些轻微的擦伤，我帮她做了简单的包扎，然后亲自把她送到医院。在她养伤的这段时间里，我对她照顾有加，我们成了好朋友。

后来，天使回到了天上，她来看我的时候，只进入我的心灵，并不显现形体。有时她进入我的梦里，带我飞翔。由于我有恐高症，她就让我把眼睛闭上，她带我飞到一颗星星上，我睁眼后感到这颗星星非常眼熟，仔细辨认后发现，这颗星星就是我生活的地球。天使跟我开了一个玩笑。

对于撞伤天使这件事，当地政府在一个非正式场合做了道歉，并对楼房建设下达了限高令，必须和云彩保持半米以上距离。有些胆大的楼房暗自长高一两层，后来迫于天空的压力，又悄悄地缩了回去。

如今，旅游部门已经把飞进天使的那间房子作为一个景点，供游人参观，但解说词中没有提到我的名字，只说一个好心人在此救了天使。我暗自得意，这个好心人就是我。

数星星

　　小时候，我经常在夜里数星星，企图把星星数遍，但数着数着就有一些星星溜走，一闪而过，致使我的数字不准确。那时我还不会减法运算，每当遇到流星捣乱，我都得重数。那时天空还没有污染，云彩擦拭以后，夜空黑得更加深邃，人们可以看到天穹深处那些极小的星星。当远处村庄的灯火与星星混淆在一起，许多人被迷惑时，我也能分辨出哪些是人间的光芒，哪些是星星。

　　如今我眼花了，有时几个月也不看一眼夜空，慢慢地把星星给忘记了。有一次有人问我星星在哪里。我只好根据土地的方位，通过复杂的计算程序，算出大致的位置，然后在天空里寻找星星。后来，为了不至于忘记，我用木头在山顶上竖起一个十字形坐标系，横的方向平行于大地，竖的方向，下指土地，上指天空。没想到被一些人发现后，认为这个坐标系是神确立的十字架，受到了基督教徒的崇拜。自打我竖起这个坐标系以后，许多人都去那里数星星。有一次我顺着向上的方向仰头望去，竟然发现了天空的极顶以及星星后面的事物，那神秘的景象令我震撼不已。从此，我也经常去那里数星星，并且爱上了浩渺的星空。

现在，我已经知道了星星的数量，包括流星在内，但我需要计算之后才能告诉你答案。

雨门帘

　　我经历过特大暴雨，但是游泳池那么大的雨滴，我一次也没有见过。说实话，那样的雨滴落下来很危险，若是砸到人的头上，容易把人淹死。与此相反，我见过特别细的雨丝，当时我用剪刀从空中剪断一根半米长的雨丝，与少女的头发做了比较，结果发现这雨丝比发丝还要细，并且柔软透明。我突发奇想，当即用这种雨丝做了一个门帘，挂在老家的门口，非常好看。但好景不长，雨停后门帘就消失了。随着雨过天晴，一道光瀑从天空中直泻而下，正好落在我家门前，雨帘换成了光瀑，更加美丽。我用放大镜一看，阳光的光束更细，比雨丝还要细无数倍，我甚至发现了构成阳光的透明的粒子，成串地排列着，像串在一起的珠子。能够拥有这样的门帘，哪怕只是一分钟，也是享受了上苍的恩典。而在我的老家这是经常的事，人们并不稀奇，依然各做各的事。

　　去年夏天，我回老家，赶上了一场大雨，门口出现了水帘，瀑布顺着房檐连成一片。在水帘的后面，连绵的青山犹如罩上了几层毛玻璃，隐约而飘忽。当时我没有照相机，只好把这些风景储存在眼睛里。现在，一家信息公司正在开发一种新技术，试图把影像从眼睛直接传输到电脑里，这项技术应用后，我将通过电脑让你领略那些美丽的景象。

不知所措

有一天我沿着马路往西走，在不经我同意的情况下，道路突然向北拐去，好像北方才是它要通往的地方。据我所知，北方是神的住地，不是谁都可以前往的。我只好停下来，向北望去，直到黄昏降临。之后，北极星在遥远的天边闪烁，在那光芒的下面，有一条路暗自向北延伸，甚至到了空中。我若是一直往前走，在道路的尽头，有可能一脚踩空，掉在星空里。

出于安全考虑，我决定在道路拐弯的地方转身，往下走。无奈眼前的土地平展而封闭，我没有找到向下的洞口或缝隙。我转而打算往上走，但上面是天空，没有悬梯根本上不去。我只好按原路返回，一直往回走。由于我走得太快，超出了时间的运行速度，差一点回到童年。幸好我及时伸出一只胳膊，把自己拦住，否则我有可能走回童年，甚至变成一个婴儿。

如今我散步时再也不敢走得太远，也不敢太快或者太慢，尤其是在道路转弯的地方，我都要注意东西南北上下六个方向。遇到北方我就停下来观望。有一次，在神允许的情况下，我到了北方以北，看见了空旷无边的草地和上面的星空，其中一颗星星冲我不住地眨眼，我没有领会它的意思，没敢擅自前往。

不足0.1毫米

太行山东面有一座白色的城市，坐落在华北平原上。多年以前，城市周围是无边无际的麦田，每到五六月，金色的麦浪簇拥着白色的楼群，仿佛一座神话中的岛屿。随着经济的发展，近些年进驻城市的人口逐渐增多，这座城市渐渐发胖，腰围已经达到了六十多公里，还在不住地膨胀。为此，一个减肥医生建议：首先缩小城市的胃口，再用环城路作为城市的腰带，使其越勒越紧，从而达到减肥的目的。还有一个外科医生建议给城市实行手术，去掉两个城区，把多出的部分搬到别处去。而我的办法是：控制城区面积，让城市向天空发展。我的建议得到采纳后，城里的高楼渐渐增多，最高的一座楼离天只有三尺。有时神也搭乘高楼的电梯，往来于天地之间。

如今，站在太行山上往下看，这座城市已经非常漂亮。周围的麦浪依然起伏，白色楼群像是一片片白帆，在海面上航行。唯一让我不满意的是，这样一座高大的城市，它的地图还是那样扁平，印在一张纸上，其厚度还不足 0.1 毫米。

隐藏在衣服里

前天，我老婆去商场里购物，买了一身新衣服。她穿上这身衣服后，整个人就藏在了衣服里，只露出一个脑袋和两只手。毫不夸张地说，她彻底成了衣服的附属物。如果她戴上眼镜和口罩，我将认不出她是谁。

幸好我有认人的独特本领。一般情况下，我用排除法找人。首先，我要走到大街上，从满世界的人流中排除掉男性；然后在女性中排除掉老年和青年；然后在中年妇女中排除掉杨氏以外的姓氏；然后在杨氏中找到一双眼睛；然后在她目光的吸引下，目不转睛地走过去，近前一看，不是。然后继续排除，直到我一无所获，疲惫地回到家里，坐在沙发上睡着了，这时一个女人悄悄地走过来，给我身上盖上一床毛毯。她，就是我的老婆。

醒来一看，老婆就在我的身边。她穿着那件新衣服，仿佛一件物品配置了华丽的包装盒。

我的排除法继续下去将是这样：一个人去掉衣服，还有身体；去掉身体，还有灵魂；在灵魂深处，你也看不到真相。

夜晚照明计划

在联合国总部召开的全球科学大会期间，出于郑重，我用毛笔写了一封建议信给大会代表。内容是这样的："为了解决全球能源紧缺问题，我建议全世界联合起来，实施一项工程——用特制金箔把月球包裹起来，这样就会使月球的反光度增加几十甚至上百倍。月球的反光度增加以后，地球的夜晚照明问题将得到解决，地球的各个区域内，至少有半个月的时间，夜晚是明亮的。这将给人类提供许多便利，同时也将减轻能源消耗和环境污染的压力，人们的工作和生活也将发生巨大变化。"

这个建议提交以后，引起了代表们的高度重视，有关科学家甚至开始考虑光照增加以后，地球变暖等问题的解决方案。可是，就在代表们热议之时，大会又接到了另外一封信，是全体逝者联合会写来的，内容是："惊闻有人建议包裹月亮以增加亮度，使夜晚亮如白昼，这势必将改变地球常态，尤其是广大逝者，不能借助夜色掩护而出行。须知，地球上的逝者总量是活人的无数倍，其众寡悬殊，利害分明，当谨慎行事。如不考虑我们的建议，一意孤行，我们将联合全体逝者同时出游，使地球表面上挤满灵魂，是时，将无处不拥塞，世界秩序尽失。此绝非危言耸听，我们将说到做到。"

接到这封信后，代表们为难了，考虑到逝者众多，需尽量尊重他们夜晚生活的习惯，于是就把我提交的这个方案暂时搁置下来。后来，有关机构曾试图跟逝者联合会沟通，寻找解决问题的途径，但由于双方意见分歧较大，始终没有达成协议。但我想，我的这个建议有利于人类的和平与进步，是个积极的设想，将来或许有实现的一天。

清扫天空

　　一个城市要搞庆祝活动，需要晴朗的天空。可是天公不作美，偏偏这天多云，影响了人们的心情。于是市长下令，全城的清洁工全部出动，搭设天梯，到天上去清扫云彩。到底是人多力量大，不到一个小时，人们就把天空扫得干干净净。庆祝活动顺利进行，这里放下不表，只说接下来的事情。

　　活动结束后，几个孩子失踪了，人们找遍了全城，也没有任何踪迹。这时有人想起来了，说是清扫天空时，发现有几个孩子曾经在云彩里玩耍，莫非是没有回来？人们立刻派人到天上去寻找，果然不出所料。原来这几个孩子趁乱爬上天空，在云彩里玩起了捉迷藏，等到他们想起回家时，发现天梯已经撤除，他们下不来了。

　　这次活动的不良后果还有以下这些：一、由于人们清扫云彩时使用的是扫帚，结果把蓝天划出一道道伤痕，至今没有恢复；二、扫净了云彩，却留下了杂沓的脚印；三、云彩被强行扫走以后，几个月时间里，新的云彩都不敢从这里经过，因此也就无雨，造成了局部地区干旱；四、天空遭到凡人践踏，引起了众神的不满；如此等等。

对此，市长表示了歉意，对天空鞠了三个躬。由于对天空鞠躬时必须面对天空，他只好仰面躺在地上，施鞠躬礼，看起来像是在做仰卧起坐。市长滑稽的动作，差点把我笑翻。

仰望星空

几年前，我看见一个人戴着墨镜仰望星空。我感觉这个人有些怪，经过交谈以后才知道他是一个盲人。他仰望星空只是一种愿望，实际上他看不到星星。但他经常这样仰望。他说他能够感受到星星的光芒。

后来，我把自己收藏的一块小陨石送给他。我告诉他，这块陨石就是从天上掉下来的星星，它曾经在天上闪闪发光，现在依然在发光。他接受了我的礼物，一直把它揣在胸口，贴身珍藏。

前不久我又看见了他，我告诉他，我撒了谎，实际上这块小陨石已经不能发光了。他说他早就知道这些，但他相信这块陨石肯定有过闪光的历史，也许我们曾经接受过它的照耀，它的光不在此刻，而在它昔日的辉煌。

作为一个盲人，说出了这样的话，让我震惊。他对于光的理解，不仅来自外界，更多的是源自内心。借着这内心的光，他看见了深远的事物，并有着灵魂的穿透力。与他相比，我感到了自己的肤浅和内心的黯淡。

雪　花

　　一股来自西伯利亚的寒流横扫中国北方，大部地区降温达到 10 度以上。为了截住这股寒流，官方调集了大量云彩，集结在阴山山脉以及大兴安岭和小兴安岭一带，展开了阻挡北风的行动。云彩确实不负众望，如期集结，并以身阻挡寒流的袭击。当北风越过蒙古高原向南猛扑时，遇到了类似棉花的庞大云团，风力减弱了许多。

　　在这次大规模行动中，云彩的作用功不可没，同时也付出了很大的代价。许多云彩被当场冻死或者冻僵，飘落在地上，变成了一场大雪，覆盖了整个北方。由此可以想象，这场云彩与北风的生死搏斗，是怎样的壮烈。

　　我站在茫茫雪地上，向那些死难的云彩致敬。我知道，云彩可以死亡，而雪花却是不死的花朵。后来，这些雪花在太阳的照耀下，渐渐融化，一部分渗入了土地，一部分羽化升空，恢复为活跃的精灵，重新在天空翱翔，成为新的云彩。

塑料袋

一座城市里刮起了大风，平时隐藏在各个角落的废弃塑料袋被刮到了空中。一时间，几十万个塑料袋混杂在沙尘里，在空中飘浮，场面壮观而又恐怖。

全市的清洁工人紧急出动到天上去打扫垃圾，无奈这些破烂的塑料袋越飘越高，到了外太空，人们只好无功而返。

后来，一家化工厂把一封邀请函贴在天上，内容是：邀请废弃的塑料袋到化工厂参加高层论坛，尤其是对于来自太空最高层的塑料袋，将给予特殊的优惠待遇，授予"天士"称号。

漂浮在太空的塑料袋禁不住诱惑，纷纷赴会，来到这家化工厂，结果被当场软禁，有来无回。化工厂把它们收集、压缩、回炉、加工，制成了新的化工产品。但不幸的是，它们又被制成了新的塑料袋，重新投入市场，再次等待人们的使用和抛弃。

传说多年以后，天上来了一位巨人，把地球装进一个大塑料袋里，拎走了。据说拎走地球的这个巨人，是一个塑料人。

纸飞机

有一天我用望远镜观测云彩，无意中发现天空中一架飞机有些异常，经过仔细观察，发现那竟然是一架纸飞机。

这架纸飞机满载乘客，不停地拍打着翅膀，像一只大鸟在天上飞行。我当时就惊呆了。随后我立即报告了国家航天局，航天局立即启动了应急预案，对这架纸飞机进行跟踪。但是让我想不到的是，航天局派出的不是飞机，而是一群鸟，其中还夹杂着一只大公鸡。

航天局就是厉害，在他们派出的队伍中，领队的是一只凤凰，凤凰飞到了纸飞机的前方，对纸飞机不住地抛媚眼，勾引纸飞机。纸飞机禁不住凤凰的诱惑，乖乖地跟在凤凰的后面飞翔，终于在附近的一个机场安全降落，避免了一次可能出现的航空事故。

后来，参与飞行的大公鸡得到了一群母鸡的拥戴，从此妻妾成群；凤凰的照片被作为神秘图腾，刺绣在衣服上，成为美女们争相购买的时装；而纸飞机则被监禁起来，今后不经 987 个管理部门批准和盖章，不得擅自飞行。

而这一切过程，坐在纸飞机里的乘客们浑然不知，他们还以为是飞机在飞行途中遇到了意中鸟，与凤凰恋爱结婚了。

亲情植物

一年前，我家对面的六层楼上，一家住户养了一种藤蔓植物，不开花，只长叶。藤蔓从阳台的窗子伸出来，伸展到空中，向我家的方向爬过来。我家也住六楼，两个楼房之间相隔大约有三十米，可是这棵藤蔓居然在空中把触须伸到了我家的窗前。我着急了，看它的长势，再有几天就可能挨到我家的窗玻璃，假如它真的伸进了我家，这算不算侵犯？我找到这家主人，要求他把花盆挪走，或者把藤蔓盘起来。那家主人非常通情达理，当即把藤蔓盘成环形。可是第二天一看，藤蔓又伸了过来，据主人说，是它自己偷偷松开的。为此，他也犯了难，一时不知如何是好。

为了解决这个问题，我在自家的窗台上也养了一棵同样的植物，不料藤蔓也向对面的楼房伸去，两棵藤蔓在空中交织起来，在空中形成了一座植物桥，上面经常有鸟栖落，俨然一道风景。看到这种景观，两栋楼房里的居民都相继模仿起来，养起了这种植物，结果两栋楼房通过藤蔓连接成一个整体，之间形成了层次不同的绿色屏障，夏天遮阳效果非常好，人们坐在浓荫下乘凉，聊天，其乐融融，和睦融洽。由于这些植物，原来互不来往的两座楼房里的居民，现在就像亲戚一般。前不久，这两座楼还被市里的环保部门评为绿色楼，这些藤蔓植物被授予了"亲情植物"的称号，奖品是一百个鸟巢。后来，这些安放在藤蔓上的鸟巢都住进了小鸟，鸟的叫声婉转动听，并因此获得了"最佳歌喉奖"的称号，奖品是一盆金黄的小米。

等着瞧

　　从出土的旧石器、新石器以及大量陶片推断，河北迁安市滦河段遗址可能早于红山文化。可以肯定的是，这个区域在旧石器时代就有人类活动。我有充分的证据可以证明这一点。因为我在滦河边见过一个老头，他在8000年前就是个制陶人，现在他还活着。我从他的指甲里取出一点泥土，经过碳14鉴定，数据显示，这些泥土竟然超过了10000年。我还有一个比铁还硬的证据。我在滦河边捡到一块石头，硬度测试为7度，其年龄几乎与地球同龄。这块石头慈眉善目，两眼弯曲，笑眯眯的，大胡子飘到了胸前，身高约有32公分，俨然一个非常可爱的小老头。我见到他时，他正躺在河边睡觉，我叫醒了他，把他领到我的家里。现在他就站在我的电脑桌上，我打字的时候他一直看着我，也不说话。他毕竟是块石头，不可能说话。但是我在滦河边上，确实在风中听到过古人的对话，只是他们的声音被风吹成了颗粒状，我听得不是很清楚。幸亏我当时用手在风中抓住了其中的一些颗粒，现在正在实验室里做音质分析，估计一百多年后就会有分析结果，你们就等着瞧吧。

最富的人

    我收藏奇石已经多年，由于存放空间有限，我收藏的石头大多在百斤以下。如果遇到比地球还要大的奇石，尽管喜爱，但苦于无处存放，我也只能眼巴巴地看着，欣赏，动心，然后舍弃。

    有一次我用天文望远镜观测到仙女座里有一块浑圆的奇石，在空中飘浮着，运转着，悠闲而美丽。经过计算，这块奇石比地球大350万倍，是一颗恒星。不要说把它取下来，就是以光速行走，到那里至少也需要200万年以上。我一想，太远了，也太大了，拿回来也没处放。只好作罢。

    近些年，我在收藏微小的奇石。小到什么程度呢？这么说吧，必须放在一万倍的显微镜下才能看清它。这还不是最小的。我有一块奇石，是一个单个的原子核，直径是10的负15次方米，你说小不小？

    过于小的石头，只能依靠光学仪器才能欣赏，太麻烦。现在我决定改变收藏方式。好看的石头，不一定都摆放在自己家里，放在远处谁也偷不去的地方，既不占用自家的空间，又能让更多的人欣赏，岂不更好。

    于是，我把星星也列入了我的收藏范围，它们悬浮在空中，像宝石一样发光，可以整夜欣赏。这样，整个夜空都成了我的展厅，所有的星星都是我的藏品（包括地球）。在这个世界上，还有谁能比我更富有？想到这里，我觉得自己是世界上最富有、最幸福的人了。

第五辑

小水滴

保罗·克利（Paul Klee）/绘

地球这颗星星

我算过一笔账，要想到天上的星星上去，修路是最笨的办法，造价昂贵不说，技术上的难度也太大，路途也过于遥远。那么有没有离我们最近的星星呢？经过精密的计算，得出的结果是：离我们最近的星星是地球，距离为零。这个结果使我兴奋不已，并且恍然大悟，原来我一直就生活在一颗星星上！

有了这个重大发现以后，我注意到，地球是颗美丽的星星，能够登陆这样的星星，是祖先的造化，也是我的幸运。更加幸运的是，我在这颗星星上获得了永久的居住权。在地球上，一切都是免费的，只要你出生了，就有了生存权，活到多久都行，死后还可以埋在这颗星星上，参与生命的大循环。

如此好的环境和优惠条件，不到地球上来一趟简直是傻瓜。因此，有那么多人争先恐后地来到世上，我就是其中之一。在此，我要感谢我的先人，是他们先于我发现了地球，并把我带到这里。我来后，顺便带来了我的子女。我的子女们表示，地球这颗星星确实不错，既然来了，就永久地住下去，并打算在此绵延不绝。我知道，许多人都是这么想的，也是这么做的。

现在，我要做的是，在地球这颗星星上，能走多远就走多远。走累了，我还可以坐在这颗星星上，随着地球的自转而遥看白昼和星空。当遥远的星星上生存的智能生命看到我们这颗星星时，一定会羡慕地说：看，那颗神秘的星星上有一些动物，名字叫做"人"。

大地的弹性

说到大地的弹性，必须解决一个问题，那就是，土地和山脉能不能被压缩。这个问题看似属于地球物理学的范畴，实际上却可以通过数学计算得到答案。有人曾经计算出地球到北极星之间的距离，他的研究结果表明，地球每过若干年，南北两极的极轴长度就会缩短，若干年后又回到原位。如此反复伸缩，形成一定的周期性。为此，他提出了一个数学模型，这个著名的模型被物理学界称为弹性模型。

可是另一个问题出现了，在我写这篇小品文的时候，这个建造弹性模型的科学家还远没有出生。这就牵涉到一个时间问题。由于时间和空间的不可分割性，时间的弹性也是物质属性的要素之一。但是这个科学家根据已有的拓扑学原理，利用时间的弯曲性，即拓扑时空的回环性，解决了时间先后的问题。因为在回环的拓扑时空里，没有先后和上下，只有回环。在曲面时空坐标上，他既在我之后，又在我之前。

时间和空间被证实具有弹性以后，大地的弹性已经不证自明。这位科学家因此获得了巨大的成就。由于这个假说是我在《湖边的故事》一书中最先提出的，所以在一千多年以后，我也分享了他的荣誉。令人遗憾的是，他们提到我名字的时候，把大解（xiè）的解字读错了音，念成了"jiě"，在汉语中，这是个多音字，可以理解，我原谅了他们。

小行星撞击地球

小行星撞击地球的危险可能存在，对此，人们一直担心，却没有想出什么解决的办法。有人曾经提出用核爆炸的方法产生冲击波，驱赶近地小行星，改变其运行轨道，使地球免于撞击。但把核弹送入太空并接近小行星，实施起来存在一定的难度。

我有一个简单的办法，就是密切观测小行星的运行轨迹，在它接近地球之前，全世界的人们聚集到地球的一侧，一齐跺脚，把地球踹离正常的运行轨道，待躲过小行星之后，再使用同样的办法，把地球踹回正常轨道。

这个方案得到了"荒谬协会"的高度赞赏，并推荐给"银河系协会"，作为最佳的备用方案。

但是，中国某个城市中某个小区里的一个老太太站出来反对。她的理由是，到时要集中到地球的一侧，要走很远的路，我嫌累！我不去！

事情搁浅在老太太一个人身上。最近，小区里的居委会每天给她做思想工作，试图说服她，估计等她过世以后，她会同意。但是小行星究竟什么时候接近地球，人们却不得而知。

照相机

前不久，我买了一个数码相机，拍出的片子都是重影。就是说，我拍的是一个人，结果显示出来的却是一个人的系列投影，像是正在行走的一个队列，至少有十几个人。我去找经销商，售货员解释说，不是相机的质量问题，而是你拍的人灵魂外露造成的结果。我有些怀疑，觉得不大可能。

为了证实真伪，回来后我就找到那个被我拍摄过的人，建议他去医院检查一下，看看身体是否真的出了问题，他坚决不去。我反复催促之后，他转身就走了。他走得非常快，我当即就发现，他离去的时候，身体的后面有一个长长的影子序列，像是一个人的后面，排队跟着一群人。

这个发现让我震惊不已，随后我就写出了研究论文，投给《自然》杂志，但可惜的是，既没有刊发，也没有回音。

后来，我专程去相机经销处，请售货员把相机调试一下，结果给调坏了，坏了以后的结果是：拍出的片子里可以看到人体内部的构造，尤其是发现了一个人的心里，堆放着十几年前的一桩心事，由于年深日久，一直没有化解，都已经成了化石。

撤销方案

一家装修公司请我给他们当总策划和设计师，我终于有机会提出我的大胆的方案：打造一架天梯，一直通到月亮上。也就是说，在地球和月亮之间建立一条通道，在天梯的正反两面各安装一架电梯，一个上行，一个下行，运行时各不相扰，就像高速公路或者上下山的索道。修建天梯的材料选用上等的蛛丝，而不是钢铁。

这个工程设想非常诱人，但并非一家公司所能承揽，修建天梯所需的费用也数额巨大，施工难度超过人们的想象。最难的还不是这些，而是力学问题。一些物理学家提出，在天梯的重力作用下，月亮和地球之间的距离会被拉近，两个星球的运行平衡被破坏之后，会引起星球引力的变化而导致两星相撞，太阳系的平衡也将被打破，甚至出现银河系外部边缘的局部塌陷，给整个宇宙带来灾难。

经过许多年的争论，我的这个方案一直悬而未决。考虑到地球生命的安全和整个宇宙的秩序，现在我决定撤销这个方案。如果有必要的话，我建议政府出面干预，解散这家装修公司，以免他们暗自施工，造成无法挽回的后果。

无暇 2018.1.6 大解

深度病毒

有一本印刷精美的书，由于在排版时就中了病毒，上市不久后，页码上凡是倒数第三行的字全部消失，剩下了空白。这些书被迫撤架，成为废品，给书店造成了很大经济损失。

可是事情并没有完结，其他几种书也受到了轻微感染，页码上的一些字不翼而飞，只是读者买书时轻易发现不了，也就没有太大的影响。

发现这件事以后，相关部门把它当作机密，封锁了消息，并对此进行调查。技术攻关小组研究发现，是电脑排版系统出了问题，电子文件感染了一种叫做"溜之乎也"的病毒，凡染此毒的文件在打印或印刷出版以后，文字会从纸上溜走，留下空白。找到原因以后，一个电脑高手编制出了反病毒软件，具体思路是：在每页第三行左数第一个字前面加上一层暗网，相当于给文字上了一道锁，截住它，防止这行字按顺序排队溜走。这个软件果然成功遏制了病毒，保障了印刷和出版业的安全。后来，这个攻关小组获得了国家某部委颁发的科技进步奖。由于是秘密进行的研究，颁奖没有举行公开仪式，除了研究人员外，只有我一个人知道。

一堆碎末

前不久，我在整理书橱时，发现一件合金制造的艺术品下面掉出了一些金属粉末，我拿起来一看，上面有许多小洞，并且从里面剜出了几个虫子。我当即把这件艺术品连同虫子拿到了一家科研部门，请他们看一下，到底出了什么问题。

几天以后，研究结果出来了：这件有虫洞的艺术品为合金制造，硬度为6度。上面的洞确实为虫子所钻。经过研究，生物专家确认，这是一种普通的米虫发生变异后产生的新品种，可以在钢板上打洞，并且食谱广泛。这个消息一传出，就震动了科学界，并引起了人们的恐慌，一些桥梁工程师担心这些虫子会将桥梁毁坏，一些管道和大型容器都指派专人看守，以防不测。

幸好，这些虫子经过不断变异，很快就走到了尽头。科学家们发现，这些虫子的胃口越来越硬，最后只吃硬度达到8度以上的东西，其他东西太软，它们根本不屑一顾。在这个世界上，能够达到8度以上的东西只有宝石和钻石。利用它们只吃硬东西这一特点，珠宝加工厂购进了这种虫子，在人的控制下，专门让它们在宝石上打孔，干一些力气活，而且效果比机器钻孔自然而光滑，效果非常好。后来，这些虫子变成了工厂里的技术虫，待遇非常高。可惜的是，没过多久，这个物种就消失了。据说，最后两个虫子死的时候，是在钻石上打孔，它们两个从相反的方向对钻一个孔，钻透以后，吃掉了对方，人们发现它们时，已经是一小堆碎末。

越　位

在某博物馆收藏的汉代大型石刻上，雕刻着驾车出游图，图案古朴粗犷，精美绝伦。可是在一夜之间，石刻上的一辆马车不见了，仿佛是自然脱落，石头上并没有留下盗窃的痕迹。后来人们发现，这辆丢失的马车在另一块石头上慢慢地浮现了出来，几个月后完全呈现出原来的图案。刑侦人员化装成古代的一个大夫，潜入石刻内部，查清了原因：原来是驾车的石像赶着马车绕道而行，超越了前面的车辆，由于刹车失灵，马车冲出了石板，跑到了另外一块石板上。

查清原委以后，博物馆采取了防护措施，以防其他的马车再次出轨。他们利用科技手段，在每一辆马车的前面安装了隐形的隔离层，防止这些石像超越自己的位置。尽管如此，总还有一些车辆在夜深人静的时候蠢蠢欲动，但慑于博物馆里的监管措施严密，它们没敢轻举妄动，只是偶尔有一些石像跳下车辆，到地上散步，一般情况下走不多远，只是放松一下，然后又回到原位。对此，博物馆的管理人员出于人道和关怀，假装视而不见，允许他们自由活动，但不许他们走远和消失。

月光灯

尽管国家将每年的 3 月 15 日设立为消费者维权日，但消费者上当的事还是经常发生。比如前些日子，我从市场上买来两个日光灯，回到家安装后，发现这两个日光灯发出的光跟月光一样。我一想，月光就月光吧，反正点灯的时间都是在晚上，家里能有月光，倒也添了许多情趣。可是，让我想不到的是，这两个日光灯的亮度随着时间而变化，变化的周期跟月亮出现的时间一致。也就是说，出月牙的时候，灯也变成了月牙，只亮一个边角；到了月圆的时候，灯的亮度达到最大。有了这样两盏灯，我就能通过光度直接推断今天是农历几号，而不用看日历了。我把这些情况反映给销售商场，商场反映给厂家，没想到，厂家灵机一动，把这种型号的日光灯改名为月光灯，推向市场，而且一炮打响，销售旺盛。为此，灯具厂还给我颁发了一个奖项，奖品是：真正的月亮。颁奖时，厂长指着天上的月亮动情地说：大解先生，这个月亮的所有权，今天就属于你了。

刮胡刀

去年，我从商场里买回一个刮胡刀，到家后一试，发现质量不合格，一根胡子都刮不掉。我懒得退换，就使用到今天。由于我一直使用这个刮胡刀，胡子越长越多，人们只能看见我的胡子，很难找到我的脸。这倒是有一点好处——能够遮丑。我把这个发现写信告诉了生产刮胡刀的厂家，没想到厂家为此申报了专利。一时间，满大街都是大胡子，就是使用这种刮胡刀的缘故。

正所谓好景不常，这种刮不掉胡子的刮胡刀很快就滞销，退出了市场，原因是一种新型刮胡刀已经问世。这种新型刮胡刀可以刮掉人的一层脸皮，使皮肤变得白里透红。听说，这个厂家锐意创新，正在研制一种能够刮掉皱纹的刮胡刀，已经通过了搓衣板的刮削试验，效果良好，不久即将上市。看来，我额头上的皱纹有望变得平展了。

体外治疗

我有一个朋友，今年五十岁，他想忘记一件不愉快的事情，却总是忘不掉。医生给他开了许多糊涂药，吃后也不管用。他还尝试过呕吐、灌肠、倒立、喊叫、睡眠等方法，企图把心中的块垒除掉，都不见效。我听说后找到他，用注射器把他的灵魂从身体里抽出来，对其进行了紫外线照射、过滤、广谱抗菌素消毒等医学处理，然后通过导管把灵魂再送回他的体内。这种治疗方法非常有效，唯一的副作用是：灵魂变得过于纯净，记忆全部消失。几个月后，我再次见到他时，他正在家教的辅导下学习看图识字，看上去就像一个五十岁的婴儿。

科学发现

我通过肉眼观察，然后经过半个小时的计算，得出一个结论：就像地壳是由板块构成一样，天空也是有缝隙的。不但星星与星星之间存在间距，星系团与星系团之间也存在缝隙，这些缝隙是由相邻的星系团之间的引力作用所形成的空间撕裂现象。在这些缝隙的临界点上，引力为零，时空为虚数。如果乘坐一种飞行器，从这些缝隙中穿梭，可以瞬间到达另外一个星系，而所用时间接近零。

相比于乘坐飞行器，人的思想可能更便捷。人的思想是一种特殊的能量，既可以在星系的缝隙中任意穿梭，也可以直接穿透庞大的星球，而没有一丝消耗。如果把人的思想作为能量开发出来，不要说全人类，仅仅是一个人的思想就可能在瞬间内创造一个宇宙，甚至创造宇宙无数次。

我的思想就曾经在天空的缝隙中游走过，非常轻松和惬意，只是有点飘忽的感觉。这里做一点提示，有恐高症者请在医生的指导下小心尝试，一旦感到不适，请立即停止思想穿越，特此忠告。

一颗星 2018.1.6 大解

云彩被子

　　这些日子，杨树开花了，花絮的绒毛到处乱飞，只要一开窗子，就会进来许多花絮。但我又不能不开窗子，因为春天里人们更喜欢通风透气。前天早晨，我打开窗子，随着花絮而来的，还有一片云彩，进入了我家的客厅。我拿放大镜一看，当即认出这片云彩来自燕山，因为里面带着一些燕山独有的花粉。

　　我的老婆一看家里飞进这么多花絮，就从柜子里找出几块布，铺展在地上，经过一天的时间，上面落了厚厚的一层，她利用这些花絮做了两床被子。我用手摸了摸，发现一个问题，一床被子里装的是花絮，另一床被子里装的是云彩。她说她小时候，她的母亲就用云彩做过一床被子。她是跟母亲学的。

　　晚上我盖着这个云彩被子睡觉，感到又轻又柔。昨天，我在上班时提起此事，同事们感到很新鲜，回家后效仿，但到现在为止，还没有人成功，不知是手艺问题还是其他问题。

气候异常的根源

有一年夏天，世界各地气候异常，洪水、酷热、地陷、泥石流、飓风、火灾等自然灾害频发，造成大量人员伤亡和财产损失，这些都与太阳磁暴有关。以人类目前的能力，改变太阳的活动周期是不可能的，但改变地球表面的气象却并不费力。根据"蝴蝶效应"的原理，我提出了生态平衡法。具体做法是，让亚洲和美洲的两只蝴蝶同时扇动翅膀，利用季风效应使其在太平洋赤道附近形成空气对流并产生气旋，使其影响地球自转所形成的偏向力，改变洋流速度，通过洋流变化来调节整个世界的气候。

这个办法简便易行，但也存在缺点。主要是考虑洋流变化以后有可能带来新的气象问题，另外还要考虑两只蝴蝶扇动翅膀的方向是否准确，时间是否一致，一旦发生偏差，后果不堪设想。

有关部门慎重起见，我的这个设想最终没有得到实施。

我的一点建议

以大胜小，恃强凌弱，是自然界的规律。星际间的运行也是如此。地球围着太阳转，月亮围着地球转，都是遵循着这个规律。在遥远的太古代，月亮也曾拥有围着自己旋转的许多小行星。有些小行星由于体积太小，被临近的稍大一点的行星吞噬掉，而那些稍大些的行星在多年的运行中渐渐接近月球，被月球的引力捕获，最终被月球所吞噬。大约在6500万年前，围绕月球旋转的最后一颗小行星在运行到月球和地球中间时，最终被地球的引力夺走，成了地球的一部分。地球从空中得到了一块大石头，却付出了很大的代价，小行星撞击地球所形成的震荡和烟尘，使恐龙时代的许多生物灭绝了。

也许在遥远未来的某一天，月亮也会被地球所捕获。为了不至于出现更大的灾难，我建议地球人密切关注月球的运行，必要时可以利用地球磁场的排斥性能来抵消一部分引力，使其保持平衡。也可以激活宇宙间的暗能量，产生空间膨胀效应，以此来加大星球之间的缝隙。但是这样做所带来的副作用不可估量，最好不要擅自行动。我有一个最简单的办法，那就是人类登月，在月球上架起一定数量的帆板，利用太阳风的作用使月球转速加快、离心力增强，以此来增加对于地球的逃逸力，以便使地球和月球的运行保持相对平衡。

没想到，我的这些建议，几亿年后却遭到了人们的嘲笑，他们认为我的担心完全是多余的。

眼　病

　　最近，我的视力明显下降，有时看东西出现重影。严重的时候，能把一个人看成两个人，一个是实的，一个是虚影，那些虚影就像是人的灵魂露在外面。我去求教医生，医生也没有什么好办法，只给我开了一些眼药膏。涂过眼药膏后，我的视力不但没有好转，反而更加严重了，视物出现了多重虚影，看上去犹如一个人的后面跟随着一群人，又像这个人在不经意中泄露自己的家谱和身世，有风吹过的时候，这些虚影还在身后来回地飘忽。

　　为了捕捉这些虚幻的影像，给医生提供医学资料，我特意拍摄了一些照片。由于我的拍摄技术有限，有时没有拍到真人，只拍到了真人后面的那些连续的虚影。我用电脑成像技术对这些虚影进行分析，竟然从中发现了不同的性别和体貌，甚至看到了人的祖先。

　　现在，我已经不打算治疗自己的眼睛了。我似乎觉得自己得到了一张"特别通行证"，允许我看透一个人的历史，并从这个人的身上透视整个人类的历程。我发现每个人身体里都携带着人类生命的全部信息，这些信息显现出文明的序列和痕迹。只是在漫长的进化史中人们的眼睛失去了这种透视的功能，看不到人体后面的影像。我的眼睛由于有病而得福，真是我的幸运。

意外发现

　　每到秋天落叶的季节，我的头发都会脱落很多。如此演化下去，未来的后代非秃顶不可。我想，人类可能也有植物的属性，随着季节变化而春发秋落。头发长在人的顶端，像是树冠披散着细密的枝条，遇到风吹，就来回地飘动。人和树木最根本的区别就是人可以行走而树木不能，树木的腿深深地陷在土地里，不能自拔。

　　近些年，我潜心研究头发和落叶的关系，却意外地发现树木可以自己走动。我给一棵树浇水时总是浇一面，结果树的根须向着有水的方向伸展，使得树干也因亲水性而发生了位移，三年时间这棵树向浇水的方向移动了 10 厘米。不要小看这 10 厘米，这是树木进化史上自己迈出的关键性一步。我的这个发现不胫而走，立即受到许多机构的关注，有人想利用这种树木的移动性来治理沙漠，逐渐实现荒漠地区的生物占领和绿化，前景非常看好。

　　通过这项实验，我在做生物细胞分析时，又意外地有一些惊人的发现。我看到人类的基因中，有一种决定未来的因子，分析这些因子得出的结论是：几百万年后，人的手指由于不断劳动而变长，将达到三十多厘米，看上去像是长在胳膊顶端的触须；而人的头发将变得茂密而蓬勃，遇到强光会自动膨胀，像是戴在头顶的树冠，到了夜晚却披散下来，有如从头顶泻下的瀑布，柔软而美丽。

这些意外的发现使我释然，我再也不用为自己的脱发担心了，子孙们必有自己的生命选择和自然演化，无须我多操心。

飞到天穹的极顶

根据流体力学、空气动力学和仿生学原理，一个机械工程师制造出一双翅膀，安装在人身上。试飞那天，人们看到一个身上带着翅膀的试飞员在风力的助推下，拍打着翅膀腾空而起，飞上了天空。场地上观看的人们欢呼起来，祝贺试飞成功。

接下来发生的事情却出人意料，试飞员升空以后，一直往高处飞，飞到极高处，超出了地球的引力，地控人员怎么遥控他都不回来。经过天文望远镜的巡天搜索，发现他已经飞到天穹的极顶，身边还出现了几个天使。

事后，工程师从技术上寻找故障原因，并未发现设计和制造缺陷，他正在为此感到苦恼时，接到了试飞员从天顶发来的信息："谢谢工程师给了我一双翅膀，我更感谢上天给了我自由的灵魂。"

大解 / 绘

河流纪事

多年以来，我试图把闪电固定在天空，多次尝试都没有成功，原因是闪电出现的时间太短，还没等我搭好梯子，它就消失了。这个愿望没有实现，我有些不甘心。后来我在燕山东部找到了一条类似闪电的河流，我用三根钉子，钉在了河流的上中下三处，结果这条河就被固定住了，整个冬天都无法流动。到了春天，我拔出钉子后，这条河才恢复流动。

这是一条弯曲的河流，我曾在这条河里捞过鱼，也从水里捞出过太阳和月亮，养在水盆里。我能把月牙养胖，但我养的星星可实在是不怎么样，永远是那么小。

后来，我发明了一种捉住闪电的办法，就是在它闪烁的一瞬间，用照相机把它拍摄下来，即使我捉不住闪电，也能捉住它的灵魂；即使我捉不住它的灵魂，也能捉住它的影子；即使我捉不住它的影子，也能捉住它的一道光；我把这道光储存起来，体验它那令人震颤的一瞬。

而这条类似闪电的河流，永远是那么从容，既不闪烁，也不消失，我很容易就能捉住它。有一次我抚摸它的水面，它竟然痒得扭动起来，柔软而飘忽，仿佛是一缕流向远方的炊烟。

元　子

一个人想进入明天，总是不能到达。他刚熬过子夜零点，以为自己终于到达明天了，可他发现自己进入的是一个新的今天，明天仍在远处。为此，他练习跑步，加快行走速度，试图赶在时间前面到达明天。

鉴于他对未来的憧憬和探索精神，我给他出了一个主意：让他把时间的尺度进行细分，以秒为单位，把秒无限分割下去，使时间的最小单位接近零，然后在接近零的这一点上，试图突破和跨越。

他采纳了我的建议，最近正在研究时间的尺度问题。据说，他已经找到了电子围绕原子核运行一周所需的时间。不仅如此，他还通过研究质子、中子、夸克等等，找到了构成物质的最基本单位"元子"。在元子内部，没有物质，没有形态，只有能量，也不存在时间和空间。他通过对元子的观察，发现构成宇宙的最基本的物质竟然是"无"。知晓这些以后，他感到了真正的空虚，同时也看到了宇宙所隐藏的全部秘密。

如今，他只是把明天当作一个人为设定的时间界限，不再追索它的奥秘。

震动了动物界

根据光的波粒二重性，我设计了一种采光板，利用阳光获取能量。采光板的设计原理是通过一种感应装置，把波的震荡效应转换为物理能量，从中得到清洁的能源。同时，还可以附带利用阳光的热效应进行取暖。这种装置适用于汽车、航空、海运以及加工制造等多种行业，为人类获取新能源开辟了一条新路。若是把宇宙背景辐射也考虑在内，其能源总量可以说是无限大。这种设备将彻底取代传统的煤电、水电以及铀、氘、氚等多种核能，改变原有的产业结构，甚至改变人类的生活方式，应用前景极其广阔。

我的这个设计理念刚一提出，就得到了科学界的高度评价和普遍赞誉，甚至震动了动物界。一只北极熊流着鼻涕，感激地对我说：有了这种设备，我们就可以利用星光取暖，再也不用担心被冻死了。

月光溪流

　　燕山东部有一条山谷，由于土壤中含有稀有元素，致使月光落在地上后，与土壤中的元素发生反应，在地表上形成一层浮光。这些浮光顺着山坡向下流动，汇集在山谷的低凹处，形成一条月光的溪流。

　　每到月圆的夜晚，月光溪流就会变得最大，附近的人们就到山谷里享受月光浴。尤其是夏夜，人们在月光溪流里沐浴，除了清爽，还可以起到安神、益智、健脑等作用，对治疗皮肤病、老寒腿等也有明显效果。有些少女在月光溪流里沐浴次数较多，皮肤变得细腻白润，富有弹性和光泽。

　　前些年，由于山谷的上部植被遭到破坏，致使水土流失，稀有元素流失严重，地表浮光现象已经弱化，只有戴上特殊的眼镜才能看到。去年我去探访，听说当地政府已经把恢复月光溪流列入经济发展规划，吸引了大量投资资金，正在开发这种罕见的自然资源。依我看，真正恢复到原始的月光溪流状态，至少需要三千年。我这辈子是赶不上了，但愿未来的子孙们获得厚福。

三个假月亮

　　把月亮分成四瓣，均匀分布在地球周围，就可以解决地球的夜晚照明，消除朔望月。但这样做有悖自然伦理，施工难度也太大。另外，把完整的月亮分开也太可惜。我的建议是制造三个与月球大小相等的特殊气球，等距离放置在太空里，让它们围绕地球做匀速运转，把太阳的光反射到地球上。这样一来，原有一个月亮，外加三个假月亮，地球人就有了四个月亮，夜晚将不再漆黑。

　　你们不要以为我是在瞎说，我已经制订好了完整的计划，准备在未来的某一年实施。当你看到不夜之光出现在美丽的夜空，请不要惊讶，那就是我愿望实现了。在这里，我私下透露一点秘密：我请的施工队员，都是伏羲氏的后代，它们曾经凿月而歌，像是敲击一块铜板。

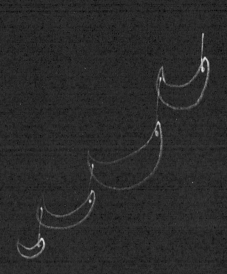

月夜 2018.1.6橋

科学实验

　　从理论上说，把熊熊燃烧的火焰藏在木头里，是难以理解的。但木头里确实藏着火焰，在不燃状态下，木头和火焰是一体。这些构成火焰的元素来自阳光、空气、土壤和水分，它们通过植物的生长和代谢作用进入木头内部，成为木头本身。也可以说，木头是由火焰和灰烬构成的。100 公斤木头可以置换成 99 公斤火焰和 1 公斤灰烬。可见火焰在木头中所占的比重，几乎等同于木头本身。

　　有一次我做实验，想从火焰中提取阴影，结果没有提出。火焰没有阴影。但这个实验没有白做，我得到了另外的收获——我从 99 公斤火焰中，提取出了 40 公斤光，30 公斤热，4 公斤色彩，3 公斤声音，1.5 公斤激情，0.4 公斤火魂，还有 0.1 公斤不可知物质。另外，有 20 公斤烟雾，被一家烟草公司偷走，没有计算在内。所有这些，以前都藏在 100 公斤木头里，这让我感到了木头的神奇。

　　我的另一项实验，最近也有了新的突破，我把一个人的下半身埋在土里，让他的腿接触土壤和水分，现在这个人的脚趾已经变长，有望变成根须。我做这项实验的目的，不是为了从人体内提取什么，而是尝试肉体与植物基因互换的可能性，以便使人体内充满更多的光、热、色彩、声音、激情，如果灵魂也得到了净化和升华，岂不更好。

非常危险

夏天蚊子多，我设计了一种粘板，专门用来粘蚊子。原理很简单，就是在一块板子上涂抹一种黏稠的诱饵，专门吸引蚊子，蚊子落在板上后，脚就被粘住，再也飞不起来。这种粘板投入使用后，效果显著，唯一的副作用是，星光落在粘板上以后，也被粘住，致使星星被光束拖累，造成移动困难。一个天体物理学家发现个别星星在运行中偏离了正常轨道，出现运行滞后现象，就顺着星光的线索查找原因，最终找到我家的窗台，发现是一块粘蚊子的板子在作怪。当我把粘板翻过去，星空立刻恢复了正常。没想到我的一块板子，差点引起宇宙的灾难，可见宇宙也是很脆弱的，需要人们的呵护。

后来，为了星空的和谐运行，我对粘板进行了改造，只粘蚊子，不粘星光。但星光从这里经过时，还是非常小心，甚至绕行。据说曾有一束星光被粘住以后，星星按照自然惯性继续运行，致使星光被拉细，细到极细时，差一点把星光拉断，你说多危险。

水污染治理

近些年，随着经济的发展，自然环境遭到破坏的案例屡见不鲜，有些地方发生了灾难性的污染。比如一些水域，污染严重，到了危害动植物健康的程度。我公司下属的一个研究机构，最近获得一项研究成果，可以治理水污染。具体原理是：向污染水域洒入一种无害的清洁剂，使浊水漂浮在水面，然后把最上层的污水像卷起一层塑料布一样揭下来，进行回收处理，变废为宝。

这项技术虽好，但实施中有一定难度。一是必须借助微风，先把水面吹皱，然后再派出一百只蜻蜓把波浪卷起，推向岸边。二是劝说水里的鱼虾保持安静，一旦小鱼吐出气泡，将造成水面出现空洞，清除不彻底。三是不能有云彩在水中留下倒影，因为云彩酷似抹布，会把水面擦脏，出现毛玻璃现象，达不到治理标准。四是这些水必须是经过沉淀的水，不能掺杂洪水，因为洪水太容易激动，脾气暴躁，搞不好会掀起泥沙，给治理添乱。五是在治理施工中不能有腐败行为，否则将对水体造成再度污染，加大治理成本。六是不许污染者在现场，一旦出现水域抗议事件，必将掀起大浪，后果难以收拾。此外还有一些阳光、空气等条件，不再详细赘述。

懒　虫

有一条欢快的河流，多年前被懒虫咬过一次，之后就患了懒病，懒洋洋地在地上爬行。人们反复劝说、激励、挠痒痒，甚至把它扶起来，它都不情愿。凡是这条河里的东西，也都被传染了懒病，据说有几片云彩沉在水底，几年来都没有移动过，比石头还懒。从这条河里取水吃的人们，走路慢腾腾，说话慢条斯理，时间经过他们的村庄，仿佛也放慢了脚步。

就是这样一条河流，最近火了起来。一家公司用这条河里的水，治疗性格急躁症、更年期综合征、心慌、心悸等，效果极其显著。现在已经到了一瓶水难求的程度。商家在广告中说：喝了这种水，你的生活节奏会慢下来，你将体验到真正的悠闲。

实际上，还有比这水更有效的秘方，我不能说出来。一旦我说出这个秘密，懒虫将被大量捕捉，用于制药业，这种生物将面临灭绝的危险。所以我劝人们，要想治病，还是喝水吧。即使水不治病，也是最好的饮料。

实验报告

土壤分析报告显示，人的肤色与环境有关，这是动物进化过程中的自然选择与环境相适应的结果。在冰川后退的漫长过程中，长期生活在冰原地带的人种，肤色渐渐变白；生活在黄土地上的人种肤色渐渐变黄；而黑色，作为人类原始的肤色，也将随着大环境的变化而慢慢改变，成为不同的颜色。

动物如此，植物也是如此。树木想接近天空，它们的叶子就努力变绿，变蓝；树根想扎入土地深处，就努力变黄，或者变成褐色、黑色；而花朵之所以鲜艳而招展，乃是出于吸引昆虫传授花粉的需要。自然总是恩惠顺从者，所以动植物都学得乖巧，不悖天意。

以上这些结论都是我近些年科学研究的结果。由于我是利用我家的厨房作实验室，用啤酒瓶底作观测镜，用炒勺作量器，用高压锅作保温装置，所用器皿都不太规范，所以我计算和分析的结果难免有误，敬请人们谅解。

城市空洞

一家化工厂的毒气泄漏事件，使全城百姓都忙了起来。人们把受过污染的空气装在塑料袋里，然后用汽车、自行车等运输工具，运往城外的一条沟里，进行无害处理。运走这些污气后，由于新的空气没能及时填充，致使城市上空出现了巨大的空洞。也就是说，在这个空洞里，没有空气。一旦飞鸟误入空洞，非常危险。为了避免造成灾难性后果，人们从城外往里运送新鲜的空气，填充这个空洞，又忙了许多天。

前些日子，我从这个城市经过，看见这个空洞填充得不够严实，边缘上还有许多空隙，我出于良知和道义，及时指出了纰漏，政府当时就采纳了我的建议，进行了修补。现在，这座城市上空的空气已经基本恢复原状，即使有些微小的空隙，也不会造成危险。只是闪电进入空隙后，容易把天空撕裂，但这种可能性极小，完全可以忽略不计。

陨　石

　　有一个考古队在沙漠中发现了许多陨石，根据这些陨石的性质，大致可以推断它们陨落的年代，但要确定它们来自哪个星系却很困难。原因是这些陨石在接近地球时与大气层摩擦发热甚至燃烧，改变了原始结构。如果能在陨石进入大气层之前就截获它们，将会获得相对准确的科学数据。为此我提出，在天文望远镜的跟踪下，一旦发现有陨石接近地球，立即锁定太空区域，向上发射飞毯，让陨石在进入大气层之前落在飞毯上，然后慢慢飘落回收。

　　这个想法不是我的独创，聪明的阿拉伯人早已利用飞毯技术，在太空中截获了许多宝贝，其中就有失踪多年的星星。不过他们获取星星的目的不是用于科学研究，而是把星星镶嵌在高大建筑的穹顶上，用于照明。

　　现在，飞毯制造技术日臻成熟。只要地球周围的空气一直存在，空气的浮力就会将飞毯托上太空。利用飞毯，人们将得到未经烧毁的陨石，也可以乘坐飞毯在太空里遨游，如果运气好，说不定还能在空中顺手抓住一颗流星。

玻璃房子

　　我热爱星空，也经常仰望星空。我认为星空是世上最宏伟的建筑，那隆起的穹顶上镶满了闪闪发光的宝石，辉煌而神秘。为此，我设计了一所玻璃屋顶的房子，以便我躺在床上也能够欣赏浩渺的星空。后来，我把房屋四周的墙壁也拆掉了，换成了玻璃，我的视野更加开阔了，我在屋子里就可以看见大地以上全部的星空。可是，大地背面的星空是什么样？这时我才意识到，我所看到的顶多是半个星空。大地遮蔽了另外的部分。于是我在新的设计方案中，把大地也去掉了。我住进了一个气泡形的透明体里，悬浮在太空中，向外观看，真正领略了浑圆的宇宙景观。

　　住进这样一个球形的玻璃房子以后，我发现，我的眼睛只能看见一个方向，至多可以看见眼前 180 度以内的事物，无法看见背后的事物。我进一步认识到，真正对我构成遮蔽的是自身。即使我转动身体，也只能看见当下的事物，看不见过去和未来，遮蔽我的不仅是自我，还有深广的时间和空间。于是，我删除了所有设计方案，从此安心地住在自己的身体里，同时又紧密地保持着与整个宇宙的关联。

路灯   2018.1.6 大雕

云 网

　　世界上许多国家已经拆掉了水坝，恢复河流的自然状态。同时也有一些国家在建设水坝，用以蓄水供应不断膨胀的城市需求。我想肯定还有更好的办法，解决人类用水与自然和谐的关系。我曾经设想，在空中设置一张网，既不影响云彩通过，又能截获一部分水汽，然后将这些来自云彩的水珠直接引流到水厂里，供人们饮用。这就相当于在空中建设一座不蓄水的水库，通过调节网的温度来控制云中水汽的凝结度，从而决定取水量，供应城市用水。至于小的乡镇，最好使用当地的河流水源，还原人们临水而居的古老风习。

　　建设空中云网，简单实用，造价低，对于自然生态影响极小。架设云网以后，唯一需要提示的是：鸟和飞机请绕行。

　　以上是我的一点设想，或者说建议，有条件的地方可试行，待人们普遍认可后再逐渐推广。

拒签协议

　　在地壳板块的挤压和抬升作用下，地球上有许多山脉处在生长阶段。在自然状态下，这些山脉每年只增长几毫米到几厘米，这样的增长速度，让我这个性急之人有些耐不住。为此，我曾经劝说一座处于青春期的山，请它在一年之内增高十米，结果它只长了九米。后来，我借给树木理发和洗头的机会，偷偷在水中添加了一些激素，这些激素通过树根被山体吸收后，致使这座山在半年内猛增了三十多米。

　　这件事被国家地质公园的管理人员发现后，通过监控录像查出是我干的，他们不但没有处罚我，还给了我一些奖励。原因是他们正好需要这座山增高，用以阻挡暖湿气流，使其向两边分流，以此来调节局部地区的气候。

　　但接下来的事情却是非我所愿，他们让我以云彩为原料，在天空制造出绵延数万里的白色峰峦。此项工程太大，我没有立刻答应。因为云彩毕竟不同于岩石，一旦出现崩塌或滑坡事故，后果不堪设想。经过再三考虑，我拒签了这项协议。

不过分的要求

让一棵玉米长到大树那么高，有些不现实，但让大树的枝头上结出玉米，却并非是妄想。我的思路是：通过基因技术，让一棵玉米退化为不结籽的草本植物，用同样的办法让一棵树也退化到原始状态，然后在木本植物和草本植物的临界点上，找到一个具有共性的基因。然后对这个基因进行培育，使其演化为具有玉米和树木特征的双性植物。这样，树木就有可能结出玉米。

这个思路还没有进入实验阶段，因为我正在忙于另一项实验。为了治理沙漠，我研究出一种向下生长的植物，也就是说，这种植物的根系十分发达，密布的根须可以在地下延伸几十米，而露在地表上的茎和叶子却很小，几乎没有多少蒸发量。这种植物特别适合生长在沙漠地区，具有很强的固沙作用。

在此之前，如果哪个科研机构率先攻克了玉米生长在树上的难题，我将祝贺他们。但我必须声明，这个思路是我最先提出来的，我将对我提出的这个想法申请专利。我要求的回报是：每棵树上生长的每个玉米棒上的一粒，属于我。这样的要求总不算过分吧。

天空漏洞

在地上钻一个深洞很困难，若想把天空钻一个洞，却很容易。只要把钻头对准天空使劲钻，就会把空气钻出一个洞。钻完以后，最好是拧上螺丝，或者把洞利用起来，否则下雨天会从这个洞里往下漏水，"哗哗"地流个不停。

但是天空中有一些这样的洞也并非完全是坏事，气象部门就曾经利用这些洞，疏导云彩中多余的水分，进行人工降雨。只是降雨时流出洞口的水流像是一个水管，流量很大，需要导流设备，不然会把土地冲出大坑。我曾经在这样的洞口下面享受过淋浴，水量确实不小，有一种凌空而下的冲击感。

最近，一个旅游景区开发空间资源，把天空中那些废弃的小洞加以利用，搞起了天空淋浴，生意极其火爆，前去洗浴者甚多。不过，立法部门已经对此有了注意，正准备立法，对空间资源加以限制，不经统筹规划，不得随意开采。

为了试验一下在空气中钻一个洞到底需要多大的力气，我尝试着用手指捅了一下天空，没想到真把天空捅出一个洞。当时正是中午，从这个洞里流出的全部是阳光，把我浑身照得通透。借着这些光，我看穿了自己的身体和灵魂，还好里面没有什么杂质。

筛子的用途

有一段时间，我居住的小区里空气质量极差，需要用筛子将空气过滤之后才能呼吸。但筛过的空气毕竟有限，堆放在小区的院子里，只能就地呼吸，不方便携带。为此，我发明了一种小筛子，可以戴在脸上，比传统的口罩通透，既轻便又能过滤空气，走到哪里都能用，适合于所有的人。在那些年里，满大街都是脸上戴着筛子的人。

戴上这种筛子以后，给女人吃零食带来了不便，因此有了意外的减肥效果。一时间，大街上苗条的女人突然增多，大有美女成群的势头。

后来，加大力度治理空气污染，取得了明显成果。空气好转以后，人们渐渐去掉了筛子，但留在脸上的筛子阴影却很难消失，看上去像是戴着隐形的面纱。

如今，筛子的用途已经非常广泛。有人用筛子过滤阳光，方形的阳光因此涨价数倍。更有甚者，用改装的筛子去捞星星，以流星最为宝贵，需要三吨月光才能换取一颗。渐渐地，人们忘记了筛子的最初用途，把它当成了捞取财宝的工具，这是我始料不及的。

调节城市温度

近些年，建筑材料在技术上不断创新，这使得现在楼房的隔热效果越来越好。这些隔热材料，不是在墙体表面抵消了阳光和热量，而是阻止热量向楼体内部传导和扩散。由于能量是守恒的，光热被阻挡以后，并没有随之消失，而是顺着墙壁上升，在楼顶上空形成一定厚度的热笼罩。楼层越高，热笼罩的能量越大。在楼群内部区间风的作用下，这些热量会流动起来，一部分参与内部循环，一部分会溢出小区，向外围疏散。

为了减小城市的热压力，我建议有条件的地方建造空气库，把冬天的冷气储藏在库房里，在夏天释放出来，用来调节气温。库房里的冷气释放干净以后，再把城里多余的热气通过管道抽取储藏起来，用于冬天取暖。根据空气的伸缩原理，可以采取压缩措施，增大库存储量。利用节能无害的自然资源调节气温，达到环保效果。

还有一种办法更便捷，即：城里的每个人都加大呼吸，使空气流速加快，改变区域温度。为了加快呼吸，可以跑步。为了跑步顺畅，可以拓宽街道。如果哪座楼房占据街道中央，拒不让路，就把它捆绑起来交给法院。

刺　伤

地球臭氧层遭到破坏以后，局部地区的阳光格外强烈，甚至达到刺人的程度。一年夏天，我到高原地区去旅游，由于那里空气稀薄，阳光射在身上有一种刺痛感。仔细观察后我发现，这些阳光像是一束束细长的针，刺在皮肤上，其中一根阳光已经扎进了我的胳膊里，我用力把它拔出来后，皮肤上留下了一个很深的针眼，往外渗血。

我向当地环保部门反映了这些情况，得到的答复让我大失所望。他们告诉我：不要大惊小怪，我们身上到处都是阳光刺的小洞，刺你一个洞算不了什么，时间长了，你就适应了。他们还告诉我，以后出门时可以带一把铸铁伞，用于遮阳，有条件的话也可以租赁一片乌云，顶在头上。

后来我到网上查资料，得知乌云挡不住紫外线，阴天也应防晒。

现在，我经常用阳光刺伤的那个小洞来插花，不知情的人们还以为我的胳膊上长出了小花。有时我把一束阳光插在上面，告诉人们：看！我就是这样被刺伤的！

小水滴

通过对河流水体的研究，我发现，每一滴水中都有一颗透明的心脏，而且整个水滴就是由这颗透明的心脏构成。这项研究表明，河流中的水全部是由水的心脏构成，它们在流动的过程中，是心连心、心贴心、心交心、心心相印、心心互动的一个集体行动。如此心挨心地拥抱在一起，难怪人们找不到流水的缝隙。

水滴是一种特殊的生命体，除了心脏，没有别的器官。水滴只在流动的集体活动中才跳动，一旦把它单独取出，它就会静止，解体，甚至汽化。

由此可知，一条河流中有多少颗水滴，就有多少颗心在跳动。让我们想象一下，一条奔腾而下的江河，竟然是无数颗透明的心在滚动和跳跃，它们一路上发出的生命交响，就是心与心的撞击和摩擦声。当我再次看到它们浩荡不息的奔流气势，我被它们集体迁徙的壮举和充满激情的心灵之约而震撼。它们义无反顾地相拥而行，仿佛先天就被赋予了统一的意志，如此心照不宣地、紧密地团结在一起，形成生命的大潮，是遵守了怎样的约定？

我曾多次试图深入一滴水的内部，看看它心灵的构造，都没有成功。可能是我的心太世故、太污浊了，无法与它的心交融。也许等到几万年后，我和尘世不再有丝毫的缝隙和隔膜，我会进入到水滴中，体验那彻骨的澄澈。那时，如果河流允许我在其中自由地流动，我愿意让自己的心猛烈地跳动，为参与那伟大的行动而自豪。

毛　虫

　　一只毛虫要到天边去，于是就起程了。没等它走多远，它的生命就结束了，它的后代接着走，一代一代接力，一直走下去，终于有一天，有一只毛虫被大海拦住。这只到达海边的毛虫，从父辈那里接受了继续走下去的遗传指令，无法停下来。于是它转身往回走，从另一个方向去寻找天边，并把这种不停走下去的生命信息通过基因遗传给下一代。

　　这种毛虫名叫"尺蠖"，资料上的解释是：尺蠖属于无脊椎动物，昆虫纲，鳞翅目，是尺蛾科昆虫的统称。尺蠖幼虫身体细长，行动时一屈一伸像个拱桥。

　　当我看到一只尺蠖走到我身边时，我抓住它，把它放在一张世界地图上，当它像拱桥一样一伸一缩地走到地图上的蓝色边缘时，立即停住，它似乎知道地图上的蓝色区域就是大海，就不再往前走了，随即转身返回，并如此往复不息。通过它在地图上的旅行，它既无数次到达了天边，又缩短了实际里程。可是尺蠖并不因此而满意，它要的是真正意义上的跋山涉水，而不是纸上谈兵。

　　既然如此，尺蠖走出地图不就成了吗？可是事情不是我们想象的这么简单。这只尺蠖已经通过地图上的旅行，形成了生命记忆，具有了惯性，它已经走不出这张地图了。准确地说，是地图上的海岸线限定了它的行动边际，它无法超越这个虚设的障碍，只好一直走下去，几天以后，它累死在了这张地图上。

关于这只可怜的尺蠖，究竟死于什么，人们有不同的答案。

为什么？

　　我用体检、文化考量、语言测试三个量化指标，就证明了我是一个身体独立的人。后来，我通过一个数学公式，以本能、感性、理性、非理性为基本参数，以人种、地域、时代、家庭、学历、体能为辅助参数，计算出我的人格约等于170厘米，比我的身高矮了6厘米。这说明我是一个低于自我的人，一个人格矮化的人，并且我的人格与地平线之间的夹角为80度，也就是说，我的人格不是笔直而立，而是有些倾斜。以这种人格单独站在地上，有歪倒的可能，这说明我的人格不能独立。

　　如果说这个计算结果对我是个沉重打击的话，那么后来的结果更严重。我把生物属性、遗传基因、历史文化、宗教信仰、道德伦理、心灵档案、当下处境等等考虑在内，除以我的人格，得到了一个小于一的数值。这个结果表明，我的总体背景的加权平均值小于我的人格。这使我感到自卑的同时，感到了强烈的可悲。

　　问题究竟出在哪里？我追问我使用过的每个参数和全部背景，这些参数和背景又反过来追问我个人，我个人又追问我的心灵。

骑火车

一列火车非常胆小，每次走夜路时都要大叫几声，给自己壮胆。尤其是走山路时，更加胆怯。有一次，它被闪电追击了几十里，幸亏它跑得快，没有被击中，当它气喘吁吁地停靠在一个车站时，吓得几乎昏过去。

考虑到火车普遍胆小的问题，铁路局在建设规划中，废弃了许多山路，尽量改为钻山洞。火车进入隧道以后，就有了安全感，仿佛它们天生就适合于在隐秘的洞穴里爬行。

有一次，我骑在火车的背上，走了两个小时以后，被铁路巡警发现，强行把我劝了下来。后来，我尝试骑在飞机的背上，在天上飞了两千多公里，可是骑上以后我就后悔了，没想到飞机上升到万米高空后，气温降低到零下五十多度，差一点把我冻死。

后来，我用切身经历作为教训，告诉我的孩子们，千万不要骑飞机和骑火车。要想出行，就老老实实地坐在火车里，或是坐在飞机里。如果你有本事乘坐一张机票，也能到达远方，这个我倒是一点也不反对。

人之惑

地球的外层空间是开放的，而地球本身却是一个封闭的区域，保留着原始的孤独。人也是如此。从本体上说，每个人都是孤独的（孕妇和连体人除外）。一个人能够面对整个社会，而作为个人的身体却是封闭的，皮肤就是身体的边疆。如同疼痛永远不会超出人体，灵魂也将依赖个体这个孤单而低矮的临时住所，蜗居一世。

没有人不存在真正的孤独。个体一旦形成，就带上了遗传的宿命。为了排遣这种致命的孤独，宗教在人类的集体幻觉和个人身体之间，建立起隐秘的通道，给灵魂一个去处。

因此，走出去，就成了人的终极理想。在胎儿时期，我们希望离开母体，成为一个独立的个人；长大以后，我们又把身体看成是精神的牢笼，祈望得到救助，把灵魂领到天堂。由此可见，身体不是我们永恒的居所，而是我们出发的地方，但究竟有多少人到达过远方，我们却无从知晓。

假如有这样一个人，他看透了人类的境遇，隐藏在遥远的未来，迟迟不肯出生，不想领受这个孤独的身体，既不出发，也不想达到远方，我们是该催促他上路呢，还是劝他永不登陆这个世界，做一个真正的隐士？

我想这个人是存在的。他或许已经通晓了人类全部的秘密，有意躲开了尘世的纷争，冷静地看着生命的大潮浩荡而下，却不参与其中，也不告诉我们命运的谜底。

时空比较

为了能够理性地看清自己所处的位置，我选择了时间和空间作为参照系。

从时间上看，我生于公元 1957 年，公元纪年始于第四季冰川期以后，第四纪冰川期末期距今大约 300 万年—350 万年，这次冰川期出现于地球形成后 45 亿年以后，地球在宇宙中是一个比较年轻的星球，已知的宇宙年龄不小于 145 亿年。

从空间上看，我的住房处于一个小区里，小区在城市的西北部，这座城市在中国的北方，中国在地球上靠近太平洋的一块陆地上，地球处于太阳系里，太阳系处于银河系的边缘，银河系是由 2000 多亿颗恒星组成的恒星系统，很多个类似银河系的星系构成一个星系团，几千亿个星系团构成宇宙的一部分。

经过比较，我发现我在时空坐标中非常渺小而短暂，简直不值一提。后来，我改变了比较方式，结果出现另外的结果。我把时间分割成无限小的段落，在每个微小的时间段里，时间约等于静止。我的生活由这些极其短暂的时间段构成，是多么漫长。从空间上看，宇宙间的所有星球都是由物质构成，物质是由分子构成，分子由原子构成，原子由原子核和电子构成，原子核由质子和中子构成，质子和中子由三个夸克构成……与这些微小的元素相比，我简直是一个庞然大物。

做了大和小的比较之后，我又自己跟自己做了一番比较。我从无到有，获得这样一个身体；我从小到老，获得这么多时间；我依靠这个身体，活在世上，不但望见了深远的星空，我还占有了星空中一个运转不息的星球。这是多么值得骄傲的事情。

我又和他人做了一番比较，我发现每个人都有自己的尊严，每个动物的生命都值得尊重。只要你活在世上，你就是生命的奇迹。只要你拥有生命，就应该创造奇迹。

做完这些比较以后，我看清了自己的位置，也知道了生命的价值和意义。

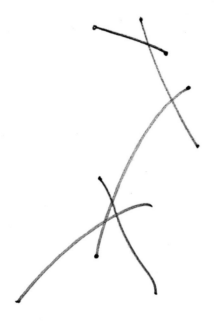

交叉线. 2018.1.7 大解

奖　状

　　高速铁路穿过太行山，在隧道施工中遇到了难题。人们发现有一座山特别松软，不是岩石构造，像是由棉花构成。经过科学检验后得到确认，这座山是云彩堆积物。科学家分析，可能是远古时期的一片云彩在飞行途中不断膨胀，形成一座山脉的样子，在自身重力作用下，降落在太行山脉的某个沟壑里，渐渐凝结，成了一座云山。

　　凡是遇到这种问题，我都会不请自来，凑个热闹。我看到这座山虽然古老，但毕竟是云彩形成的，我用镐挖开山皮，露出里面的云彩，依然雪白。摸清山体构造以后，我给施工方出了一个主意，对于这种特殊的山体构造，可以采用火攻。即打一个山洞，然后在山洞里烧火，云彩遇热以后就会融化坍塌。施工方采纳了我的建议，只用了几天的时间，这座山就消失了，一部分蒸发掉了，一部分化为流水。

　　我现在开始怀疑，当年愚公所挖的山脉，有可能就是一座云山。如果是石头构造，那些挖走以后的石头堆放在哪里了？我做过考证，附近没有发现大规模石头堆积体。好了，不说这些了。还是说隧道施工吧。如今工程早已竣工，铁路开通后我乘坐高速列车经过那里时，发现云山蒸发的地方，一条铁路从中穿过，铁路两旁已经被当地农民开垦为农田，种上了庄稼。由于我的建议，工程进展加快，节省了大量资金，政府发给我一张奖状，以示奖励。由于我为人谦虚，这张奖状我从没向人展示过，拿回家以后就用于糊墙了，而且是字迹朝里。

假　象

　　一天，电视里有人说出一句话，他说，我是一个人。我当即断定他说的是假话。因为人是由血肉、骨骼、各种器官构成的生命个体，而电视里说话的这个人，根本不是人。我走到电视机前用手摸了摸，只摸到扁平的屏幕，没有摸到他的身体、皮肤、肌肉，等等。后来，我把电视机拆开，看看这个人是不是在里面，结果我看到电视机的机壳里只有一些线路和电子元件，里面根本没有人。由此可以断定，电视里说话的这个人是个假人。他顶多是一个虚拟的影像。

　　生活几乎被各种影像和虚拟的信息所充斥，人们已经习惯了这种技术传播手段，并通过这些转换之后的影像了解世界。从某种意义上说，人们都是假象的同谋，在制造和维持着一个庞大的系统在运转，人们在欺骗他人的同时也在欺骗着自己。更加让人担忧的是，在我们所看到的这些假象中，许多假人在说着假话，这种假上加假，加深了这个世界的虚幻性。诚信危机和精神困惑已经成为现代人最普遍的焦虑。

　　现在，我判断一个人，首先要排除假象，先摸一摸他是否具有真实的身体和温度，然后才进一步了解他的内心和品格。如果我摸不到他的皮肤，看不见他的嘴，听不到他来自肺腑的声音，我就把他归入假象一类，看作是人类的制品，而不是人本身。

建造一座风库

把闪电装进仓库里是很不道德的事情。同样，把云彩装进仓库里也是罪过。但若把大风装进仓库里，我就非常支持。大风一直没有固定的住所，因此四处流浪，无家可归。另外，建造一座装载大风的仓库造价也是不太高，里面有足够的空间就可以了。从物理意义上说，大风的主要成分是空气，保持适度的温度和湿度就不会发霉，保存起来也相对容易。

但是，大风散漫惯了，不想被一个场所固定住，这可怎么办？为此我发愁了很多年，头发都愁白了。我想，总得给大风一个住处吧。水滴找到了大海，歌声找到了嘴唇，星星们也找到了宇宙，可是大风怎么办？大风的家在哪儿？

由于财力和人力等多种原因，给大风建造仓库的设想没有得到人们的支持。为此，我只好在华北平原上想象出一座巨型仓库，用空气制作墙壁，用蓝天做顶棚，给大风造一个虚拟的家。即便如此，大风也并不买账。它蛮横地来到我家客厅，掀起我的头发，看看我的脑袋是不是出了问题。我晃了晃头，表示没有问题。但是我那不争气的脑袋在晃动时发出了响声，分明是水的晃动声，这足以证明我的脑袋里进水了。这件事使我非常尴尬，相当于当众出丑。从此，我偃旗息鼓，只把建造风库的想法存在《造梦书》里，不再向他人提起。

把地球粘在脚下

　　科学家说，天空不会塌下来。这一点我已经不再担心了。现在我忧虑的是，在猝不及防的情况下，如果地球从我的脚下突然撤走，把我悬在空中，我该怎么办。

　　为了防止这样的事情突然发生，我采取的办法是，与地球保持紧密的联系，尽量在地球撤走时，不被它遗弃。此外，我还在暗地里练习自转。也就是说，地球离开我以后，只要我能保持一定速度的自转，我就能悬浮在空中，甚至有望成为一颗星星。

　　自转的副作用是头晕。我已经练不下去了，也不想练了。我想出了一个更好的办法——加大自己的魅力和引力，把地球牢牢地吸引住，尽量不让它掉下去。只要我一直在空中，它就悬在空中。只要我一直在太阳系里生活，它就哪儿也别想去。地球被我粘住了。

　　地球被我粘住的后果是，它顺应了自然，却失去了自由。唉，都怪我的引力太大，地球这么大的一个球，竟然被我牢牢地粘在脚下，就是我跳起来，它也不会离我太远。

　　后来我在一首题为《天堂》的诗中这样写道：

地球是个好球，它是我抱住的唯一一颗星星。

多年以来，我践踏其土地，享用其物产，却从未报恩。

羞愧啊。我整天想着上苍，却不知地球就在上苍，

已经飘浮了多年。

人们总是误解神意，终生求索而不息，岂不知

——这里就是高处——这里就是去处——这里就是

　　天堂。

退　磁

　　我喜欢磁铁，因此平时总在衣服兜里装一块磁铁，经常拿出来把玩。时间长了，我渐渐吸收了磁铁的能量，身体的磁场加大了，我变成了一个特别有吸引力的人。近些年，我的朋友成倍增加，但是副作用也非常明显，一些含有金属元素的粉尘也纷纷向我聚集，我成了一个灰尘满面的人。要是仅仅这样，我还可以忍受，问题是灰尘越聚越多，有时几乎把我埋起来。我行走时像是一个移动的土堆，直白地说，简直就是一座活的坟墓。

　　这样下去，我会被活埋的。我多次求助医生，都没有办法。正在我一筹莫展时，一个宾馆的服务员说：你可以用刷卡机试试，说不定管用。于是我把手按在刷卡机上，反复多次，身上的磁场真的就消失了。随之，附着在我身上的灰尘也纷纷脱落，我又恢复了原貌，一身干净而轻松。

　　没想到我脱落灰尘时，把身影也褪掉了。现在我使用的这个身影是临时借来的。更糟糕的是，许多死者纷纷向我请教，如何才能把埋葬他们的土堆推掉。我只能如实相告，你们到某某宾馆去找一位服务员，他有办法。

萝　卜

从地里拔出一只萝卜很容易，但若拔出来的是个铁球，就成了奇闻。一个地区富含铁矿，种植的萝卜含铁量极高，达到 99%，几乎就是纯铁。

很多学校使用的标准铅球，实际上都是铁球，大多数是从这个地区订购的。当地农民把成熟的萝卜拔出来，减掉根须和秧子，稍作加工，就是标准的铁球。

我家就有一只这样的萝卜。前些日子，我想吃掉它，怎么也无法切开，干脆把它整个放在锅里煮了。结果煮了三天也没有煮熟，我揭开锅一看，萝卜扁了，看上去就像一块铁饼。我这才恍然大悟，原来运动会上的铁饼是这样制作出来的。

后来，我成了铁饼供应商，为了保守商业机密，永远不再向人提起萝卜。

智能喇叭

我的汽车安装了智能喇叭，可以根据行驶情况随时发出不同的声音。比如在拐弯时，喇叭就说："我在拐弯，请注意。"比如前面遇到行人，喇叭就说："我在经过，请注意。"

汽车喇叭会说话以后，车辆之间相互避让，相互问候，使汽车变得人性化，交通事故减少了许多。但任何事物都有负面。有一次我看到两辆汽车在拥堵中发生了剐蹭，竟然相互吵了起来。一个喇叭说，是你先违规的。另一辆汽车喇叭说，你变道时为什么不打转向灯？就这样两辆汽车互不相让，其他拥堵的汽车喇叭在一旁劝说，一时间好不热闹。好在电子警察通过卫星摄像及时了解到现场状况，做出了妥善处理，很快平息了一次喇叭争吵。

一次，一个窃贼在盗窃汽车时，喇叭说话了："尊敬的先生，您好。我正在对您的行为进行监控和拍摄，并已经把影像信息传输到主人和警方的电脑里，您要为您的行为负责。请您自重。"窃贼听到后就吓跑了。

我十多天没有开车了，没想到汽车停在院子里，得了孤独症。我从旁边经过的时候，听见汽车喇叭在小声地自言自语，说的都是一些委屈的话。我听后既感到惭愧，又感到可怕。

新型玻璃

如果窗玻璃的作用仅仅是透明和挡风，那就太单调了。我投资组建的科研小组新近开发出一种新型玻璃，不但具有透明度、硬度和弹性，还能接收和输出电子信息，具有电视屏幕的功能。如果家里有十个玻璃窗，就相当于十个电视屏幕，可供主人选择不同的频道，随意观看。

此外，这种玻璃窗还可以设定透光性，既可以阻挡夏日酷热的阳光，也可以在冬天增强光热的吸收量，甚至可以把宇宙背景辐射能转化为热能，为室内供暖。安装了这种窗玻璃，可以保持室内恒温。这种功能，对解决全球能源消耗和污染问题，其贡献不可估量。

由于对玻璃弹性的开发和应用，我的科研团队正在研究制造玻璃生物，有望在近期制作出智能玻璃人。这种玻璃人有可能代替人类做许多艰苦劳累的工作而不知疲倦。

此外，弹性玻璃还可以加工成韧性和强度都很好的丝线，用于布匹生产，改善人们的服装；也可以制作缆绳，在航天、航海和民生领域有着广泛的用途。

我的一本书就是用玻璃做的，从表面上看，书页与普通纸张没有什么区别，实际上是玻璃纸张，既柔软又坚韧，看一万遍也不会损坏。

后　记

近些年，除了写诗，我还以随笔的形式写过一些类似于白日梦的故事和寓言类文字。我试图通过荒诞性来解析这个世界，躲开物理的经验，从精神之路绕到生活的背后去，或者说穿透生活，看看它背后的东西。经过一段时间的摸索，我以为我已找到通往生活背后的途径。但仔细分析以后我发现，生活只有现场，不存在背后。我所触摸到的部分只不过是它的非理性，而非理性也是生活的元素之一。

给生活下定义是困难的。生活是当下事件的总和，在庞杂和紊乱中保持着自身的秩序。我们从事件堆积的现场很难找到生活的核心，也难以在它的运转中稍作停留，正是这些构成了生活常新的本质和魅力。我企图绕到生活背后的努力并非完全是失败的，在此过程中，我歪打正着地发现了非理性可能是人类生活中最富有诗性的部分。

在通常情况下，我们被纷扰的杂事所纠缠和蒙蔽，按照常规去处理日常的事物，往往把非理性排除在逻辑关系之外。实际上任何事物稍一扭曲、拆解和重组，就会改变它原来的结构，表现出新的形态。我通过寓言发现了许多不可能存在的事物充斥在我们的生活中，构成了生活的多重性。可惜的是，我们的思维方式具有很强的惯性和惰性，习惯于迁就表面化的东西，不愿意往深处和远处走，忽略甚至从来都不曾想过，生活中还存在着许多超常的有趣的层面。

基于生活只有现场这个基本的事实，通向生活背后的道路也将返回生活现场，把非理性融入到自身的伦理之中，构成生活的完全性和饱满性。因此，不管这些白日梦般的故事多么荒诞离奇，也不会超越生活或走到生活的外边。生活没有之外，只有全部。我甚至认为，历史也在生活的现场，只是时间把它推向了远方。在"远方"和"此在"之间，是无数个"当下"在排列和延伸，与我们身处的现场接壤，构成一个不可分割的整体。

文学的功能是表现世界，揭示生活的本质，从中发现真理并反过来映照我们的生存。因此我们企图绕到生活背后的野心不是一种妄为，而是一次小心的试探。为此，我从两条路进行过尝试。一是从理性出发，通过严密的推理和运算，最后却得到了非理性的结果。一是从非理性出发，把荒谬推到极端，却意外地接近了事物中暗藏的真相。两种方式都走向了自己的反面。生活嘲弄了探索者，但文学却不必为此而羞愧。作为一个文字工作者，我没有找到生活背后的东西，却发现了生活中原有的秘密隐藏在每一个细小的事物里。生活的现场是如此庞大而活跃，处处都散发着生机，只要我们迈步，就会出现奇迹。

感谢老朋友刘春先生和"诗想者"的编辑们为《别笑，我是认真的》的出版所付出的辛苦和努力。感谢与本书相遇的读者，如果书中的篇章给您带来了快乐或者某种启发，我愿足矣。

大　解

2018 年 1 月 17 日　于石家庄